Raimund Eich

Geisterpost

Raimund Eich, Jahrgang 1950, lebt im Saarland. Seit seiner Erstveröffentlichung im Jahr 2004 ist eine Reihe von Romanen erschienen, in denen er sich insbesondere mit gesellschaftlichen und geisteswissenschaftlichen Themen befasst, in die er mitunter auch naturwissenschaftliche Aspekte in sehr anschaulicher Form mit einfließen lässt. Daraus resultieren einzigartige Geschichten, spannend, dramatisch, informativ und unterhaltsam zugleich.

Raimund Eich

Geisterpost

Bibliografische Information der Deutschen Nationalbibliothek:
Die Deutsche Nationalbibliothek verzeichnet diese Publikation in
der Deutschen Nationalbibliografie; detaillierte bibliografische
Daten sind im Internet über http://dnb.dnb.de abrufbar.

Herstellung und Verlag: BoD - Books on Demand, Norderstedt
ISBN: 9783744823241

Inhaltsverzeichnis

Kapitel 1: Im Häuschen... 7
Kapitel 2: Hoffnung 20
Kapitel 3: Gute Nachricht 28
Kapitel 4: Im Waisenhaus 34
Kapitel 5: Roswitha.. 42
Kapitel 6: Geheimnisvoller Brief..................................... 46
Kapitel 7: Unlösbares Rätsel.. 54
Kapitel 8: Heiligabend 59
Kapitel 9: Feiertage im Häuschen.................................... 63
Kapitel 10: Neue Nachricht.. 70
Kapitel 11: Verlustängste 75
Kapitel 13: Die Erkrankung 81
Kapitel 14: Rückkehr 84
Kapitel 14: Traurige Botschaft 87
Kapitel 15: Nächster Brief 90
Kapitel 16: An Norberts Grab 105
Kapitel 17: Das Versteck 115
Kapitel 18: Auf der Suche 124
Kapitel 19: Ab nach Memich 134
Kapitel 20: Krankenbesuch 144
Kapitel 21: Die letzte Nachricht..................................... 154
Kapitel 22: In Hollstädten 163
Kapitel 23: Rückkehr 183
Kapitel 24: Gespräch mit der Oberin 187
Kapitel 25: Der Besuch 197
Kapitel 26: Die Entscheidung 203
Nachbemerkungen 215

Kapitel 1: Im Häuschen

„Wo steckst du denn, Ulla? Machst du uns bitte mal die Haustür auf", hörte Ursula Wagner ihre Schwägerin rufen. Als sie das Schlafzimmerfenster öffnete und nach unten blickte, sah sie Helga mit ihrer Tochter Monika im Vorgarten stehen.

„Die Tür ist nicht abgesperrt, Helga, sie klemmt nur ein bisschen. Warte bitte, ich komme gleich runter."

Sie schloss das Fenster und ging durch den kleinen Vorraum, der über eine steile Stiege direkt mit der darunter liegenden Küche verbunden war. Sie hatte das kleine Haus in der Nähe des Oberen Marktes, in einem der ältesten Stadtviertel von Neunkirchen, vor etwa zwanzig Jahren geerbt, nachdem ihre Mutter verstorben war. Seitdem hatten Norbert und sie darin gewohnt. Die alten Häuser zwischen dem Brunnenweg und der Heizergasse mit ihren verwitterten Fassaden standen hier so dicht und verwinkelt zueinander, als wollten sie sich gegenseitig vor einem drohenden Einsturz schützen. Aber mit ihren dicken Mauern waren sie weitaus stabiler, als es die marode wirkende Bausubstanz auf den ersten Blick erkennen ließ, und sie hatten im Laufe der Zeit auch schon so manchen schweren Sturm überstanden.

Unser kleines Häuschen hatten sie ihr urgemütliches Zuhause liebevoll genannt. Im Erdgeschoss nur eine Küche und ein Wohnzimmer und im Stockwerk darüber nochmals zwei Zimmer mit Dachschrägen. Eine heile Welt, in der sie beide sich so lange glücklich gefühlt hatten, bis er …, sie verdrängte den Gedanken und öffnete ihrer Schwägerin die Küchentür, die direkt hinaus in den kleinen Vorgarten führte.

„Seit wann klemmt die denn?", fragte Helga.

„Seit ein paar Tagen merke ich es", erwiderte Ursula. „Sie hat sich wohl während der Hitzeperiode in den letzten Wochen etwas geworfen. Es ist jedes Jahr dasselbe. Norbert hat das immer irgendwie wieder hinbekommen, aber seitdem er nicht mehr da ist …"

„Aber warum sagst du uns denn nichts?", wurde sie von Helga unterbrochen. „Karl kann die Tür bestimmt genau so gut richten wie Norbert."

„Natürlich kann Karl das, aber ich will euch nicht auch noch damit belästigen. Ihr beide habt schon so viel für mich getan. Dabei habt doch selbst genug mit euch und Monika zu tun."

„So ein Unsinn, Ulla, Karl und ich helfen dir doch gerne. Wir sind schließlich miteinander verwandt und für Karl als Norberts Bruder ist das ohnehin eine Selbstverständlichkeit."

Ursula hatte sich noch immer nicht daran gewöhnen können, dass ihre Schwägerin sie grundsätzlich nur mit Ulla ansprach. Sie verkniff sich jedoch diesmal den stets vergeblichen Hinweis auf ihren richtigen Vornamen, weil sie froh über die willkommene Abwechslung war, die sie wenigstens für kurze Zeit die innere Leere vergessen ließ, die sie seit dem plötzlichen Tod ihres Mannes empfand. „Ja, ich weiß", erwiderte sie, „aber trotzdem muss ich lernen, alleine zurechtzukommen, auch wenn es mir noch so schwer fällt." Verstohlen wischte sie sich mit der Kittelschürze über die verweinten Augen.

Helga nahm sie kurz in den Arm. „Ich weiß, wie schwer es für dich ist. Du musst wohl noch oft an ihn denken?"

Ursula nickte und löste sich aus der Umarmung. „Es fällt mir schwer, überhaupt an etwas anderes zu denken. Besonders schlimm ist es, wenn ich, wie gerade eben, dort oben im Schlafzimmer bin. Doch am allerschlimmsten ist es nachts, wenn ich stundenlang wach liege und nicht begreifen will, dass ich ihn nie mehr neben mir spüren werde, aber …", sie schüttelte den Kopf, „aber da ist nichts mehr Helga. Ich kann es einfach nicht länger ertragen, alleine in dem großen Doppelbett dort oben zu schlafen. Karl kann mir vielleicht die Tage helfen, mein Bett in den Vorraum zu stellen. Ich war gerade dabei, einen Teil von Norberts Kleidern im Schlafzimmerschrank auszusortieren. Von allen Sachen möchte ich mich eigentlich nicht trennen, aber Karl kann sich gerne das mitnehmen, was ihm passt und gefällt. Ich könnte auch einiges für ihn ändern, zum Glück habe ich ja noch die alte Nähmaschine von meiner Mutter."

„Aber warum willst du dich denn mit dem kleinen Vorraum dort oben begnügen? Bleib doch einfach weiter in eurem Schlafzimmer."

„Nein Helga, es ist jetzt nicht mehr unser Schlafzimmer. Ich fühle mich einfach so verlassen dort und der Gedanke, dass ich meine Nächte wohl für den Rest meines Lebens so verbringen muss, macht mich fast verrückt."

„Aber du hast doch auch früher oft alleine geschlafen, ich meine, wenn Norbert mit dem Lastwagen unterwegs war."

„Ja schon, aber das war doch etwas ganz anderes. Ich wusste schließlich, dass das allenfalls ein paar Tage dauert und dass er dann wieder nach Hause zurückkommt. Aber er kommt ja nicht mehr zurück." Krampfhaft versuchte sie, einen erneuten Tränenausbruch zu unterdrücken.

Helga spürte ihren Schmerz und versuchte sie zu trösten. „Ich kann mir denken, wie schwer das alles für dich ist, Ulla. Morgen ist Samstag, da kommt Karl etwas früher von der Arbeit nach Hause. Nach dem Essen kann er mal nach der Haustür schauen, und dein Bett können wir dann auch gleich im Vorraum aufstellen, wenn du es für besser hältst. Ich komme mit und helfe dir ein bisschen beim Aufräumen. Du hast ja eben die Nähmaschine erwähnt. Ich habe drüben noch das bunte Herbstkleid. Eigentlich wollte ich mir ja dieses Jahr etwas Neues kaufen. Aber ich glaube, das alte tut es auch noch ein bisschen länger. Könntest du mir vielleicht das Kleid etwas kürzer machen, denn eigentlich finde ich es noch ganz schön, nur die Länge, ich glaube, das ist heutzutage einfach zu altmodisch."

Ursula schüttelte den Kopf. „Ich finde die Länge eigentlich genau richtig, aber ich verstehe, dass ihr Jüngeren einen anderen Geschmack habt. Bring das Kleid morgen einfach mit, ich kürze es dir natürlich gerne. Ich bin doch froh, wenn ich mich euch gegenüber wenigstens ein bisschen erkenntlich zeigen kann. Ohne euch hätte ich die schwere Zeit nach Norberts Tod kaum überstehen können. Heute sind es übrigens auf den Tag genau drei Monate her, seitdem er gestorben ist. Ich will deshalb nachher noch auf den Friedhof gehen. Ich habe heute auf dem Markt Heidekraut zum Einpflanzen gekauft. Das hält sich hoffentlich über den Herbst. Ich fahre ausnahmsweise mal mit der Straßenbahn, weil ich auch noch die Gießkanne, eine Grabkerze und eine Harke mitnehmen will."

„Darf ich mit dir auf den Friedhof kommen, Tante Ursula", fragte Monika und sah sie erwartungsvoll an.

Obwohl sie wusste, wie gerne ihre Nichte mit der Straßenbahn fuhr und vermutlich auch nur deshalb mitkommen wollte, schüttelte sie den Kopf.

„Nein, heute nicht", nahm ihr Helga die Antwort aus dem Mund. „Du kannst ein anderes Mal mit Tante Ulla mitgehen. Außerdem musst du ja noch deine Hausaufgaben machen. Wir gehen gleich zusammen rüber, denn ich muss auch noch kochen. Heute gibt es Bohnensuppe und Pfannkuchen. Kommst du nachher zum Essen zu uns, Ulla?"

„Nein danke, esst ihr heute mal in Ruhe ohne mich. Ich habe noch ein großes Stück Brot und auch noch etwas Kochkäse übrig. Das genügt mir vollkommen, wenn ich vom Friedhof zurückkomme."

„Wie du willst", erwiderte ihre Schwägerin. „Karl und ich kommen dann morgen Nachmittag zu dir." Beim Rausgehen warf sie einen Blick auf den Rosenstrauch vor dem Küchenfenster. „Der Strauch hier hat dieses Jahr überhaupt nicht geblüht. Jammerschade, denn um die herrlichen roten Rosen habe ich euch immer ein bisschen beneidet. Was ist denn mit ihm?"

Ursula zuckte mit den Schultern. „Keine Ahnung, um den hat sich eigentlich Norbert immer gekümmert. Manchmal glaube ich, dass selbst der Rosenstrauch um ihn trauert. Wenn er nächstes Jahr auch nicht mehr blüht, kann Karl mir dabei helfen, ihn wegzumachen."

„Klar, aber vielleicht erholt er sich ja auch wieder. Also dann bis morgen."

Nachdem Helga und Monika gegangen waren, zog sie das schwarze Kleid an, das sie sich für Norberts Beerdigung gekauft hatte. Dann verstaute sie das Heidekraut, die Kerze und die kleine Harke in einem Einkaufsnetz, griff sich die Gießkanne und ihre Handtasche und verließ das Haus in Richtung Oberer Markt. Vor dem Gasthaus Hopfenblüte stand ein mit Bierfässern beladenes Pferdefuhrwerk der Brauerei. Der Kutscher warf hinter der Wagenpritsche ein Strohkissen auf den Boden und rollte dann ein Bierfass herunter, das genau auf das Kissen fiel. Sein Gehilfe band sich eine Lederschürze um und trug das Fass in die Wirtsstube, während der andere mit einer spitzen Harke ein paar Eisstangen zum Kühlen von der Pritsche zog. Einige Kinder standen daneben und warteten sehnsüchtig darauf, dass die Stangen vom Wagen fallen und ein paar Eisstücke absplittern würden. Der Kutscher wusste das natürlich und verfehlte daher schmunzelnd bei der letzten Stange mit Absicht das Strohkissen, worauf sich die Kinder wie auf Kommando auf die quer über das Kopfsteinpflaster rutschenden Eisstücke stürzten, um mit ihrer Beute schnell um die nächste Ecke zu verschwinden. Hastig steckten sie die Eisbrocken in den Mund und begannen sie zu zerkauen, um sie dann genussvoll im Mund zergehen zu lassen.

An der Straßenbahnhaltestelle warf Ursula einen Blick auf den Fahrplan. Sie hatte Glück und brauchte nicht lange zu warten. Der Wagen war um diese Zeit ziemlich voll, aber ein junger Mann stand gleich auf und bot ihr seinen Sitzplatz an. Sie löste beim Schaffner einen Fahrschein bis hoch zur Station auf der Scheib und bezahlte mit einer Hundert-Franken-Münze. Der Schaffner, ganz ins Gespräch mit einem anderen Fahrgast vertieft, nahm die Münze ohne hinzuschauen und steckte sie zielsicher in eines der Magazine des Münzwechslers an seiner Schaffnertasche. Aus den anderen Magazinen entnahm er ein paar Zehn- und Zwanzig-Franken-Münzen und drückte Ursula das Rückgeld in die Hand, noch immer ohne den Blick vom anderen Fahrgast abzuwenden. *Galoppwechsler nennt man so ein Ding*, hatte ihr Norbert mal erklärt, aber warum das so heißt, das wusste er auch nicht. Die Geschicklichkeit des Mannes imponierte ihr. *Wenn ich das jeden Tag so oft machen müsste, dann könnte ich die Münzen vielleicht auch mit der bloßen Hand erkennen und wüsste, wo man sie hineinstecken und wie viel man herausgeben muss, ohne hinzuschauen,* kam ihr in den Sinn. Irgendwie erinnerte sie der in seiner Schaffneruniform etwas steif wirkende Mann an einen englischen Butler. *Ob er wohl verheiratet ist?,* dachte sie. Als er sich im selben Moment zu ihr umdrehte, um sich mit einem freundlichen Nicken für das Fahrgeld zu bedanken, errötete sie, nachdem ihr bewusst wurde, dass sie sich zum ersten Mal seit Norberts Tod in Gedanken mit einem anderen Mann beschäftigt hatte. Seinen fragenden Blicken wich sie mit einem Blick aus dem Fenster auf eine große Tafel mit Wahlplakaten aus. Ende Oktober würde überall im Saargebiet eine Volksabstimmung zum Saarstatut stattfinden, aber was es damit eigentlich auf sich hatte, wusste sie nicht so genau. Seit Norberts Tod kreisten ihre Gedanken ohnehin um alles andere als um Politik, für die sie sich auch sonst nie sonderlich interessiert hatte. Karl hatte ihr zwar vor ein paar Tagen erklärt, dass es bei der Abstimmung darum ginge, dass das Saargebiet bis zum Abschluss eines Friedensvertrages einen europäischen Status erhalten solle. Aber auf ihre Frage, was das denn eigentlich genau zu bedeuten hätte und was denn wäre, wenn die Leute dagegen stimmen würden, konnte er ihr auch keine richtige Antwort geben und hatte nur den Kopf geschüttelt. Ob sie denn nicht auch wolle, dass das Saargebiet wieder zu Deutschland komme, hatte er ihr stattdessen beinahe mürrisch erwidert. Sie erinnerte sich daran, dass es so etwas auch schon mal in den Dreißiger Jahren gab, als dieser Hitler in Deutschland an die Macht kam, der diesen grausamen Krieg angezettelt hatte. Seitdem hatte sie schreckliche Angst vor einem neuen Krieg und jedes Vertrauen in Politiker verloren. Sie verstand auch nicht, wieso es bis heute und damit über zehn Jahre nach Ende des Zweiten Weltkrieges noch immer keinen Friedensvertrag gab, obwohl doch zum Glück Frieden herrschte. *Der Dicke muss weg, darum NEIN mit der DPS* war auf einem Plakat zu lesen und *Die Saar bleibt deutsch* auf einem anderen. Andere Parteien wie die SPS warben mit *Nie wieder Krieg - darum wähle europäisch.* Sehr beeindruckend war ein Plakat, auf dem die Silhouette eines Adlers in einem blutroten Himmel zu sehen war, der über einem dunklen Kriegsgräberfeld schwebte, aus dem im Vordergrund der Schädel eines toten Soldaten ragte. *Sie sind wieder da - die Nationalisten. Nicht mehr da sind 52 Millionen Tote des letzten Krieges!,* war auf dem Plakat zu lesen. *Und so etwas darf auch nie wieder passieren,* dachte sie. Abrupt wurde sie aus ihren Gedanken gerissen, als die Straßenbahn an der nächsten Haltestelle ruckartig stoppte und sie dabei fast von der glatten Sitzbank gerutscht wäre. Auf der abschüssigen Fahrtstrecke fuhr der Triebwagen weiter durch die Hohlstraße hinunter zum Heusnersweiher. So sehr sie sich auch bemühte, während der Fahrt ruhig sitzen zu bleiben, immer wieder rutschte sie trotzdem hin und her, wenn der Wagen durch eine der vielen Kurven fuhr oder bremste und beschleunigte. Unten am Heusnersweiher wurde gerade ein altes Kettenkarussell abgebaut. Von der Neunkircher Kirmes hatte sie dieses Jahr überhaupt nichts mitbekommen. Obwohl sie früher gerne mit Norbert auf die Kirmes ging, hatte sie dieses Jahr darauf verzichtet, auch wenn sie eigentlich gerne mit Karl, Helga und den Kindern mitgegangen wäre, um wenigstens für ein paar Stunden auf andere Gedanken zu kommen. „Es ist sehr nett von euch, dass ihr mich mitnehmen wollt, aber ich würde euch doch nur den Spaß verderben. Mir steht einfach nicht der Kopf danach und ich will mir auch von niemand nachsagen lassen, mich schon kurz nach Norberts Tod als lustige Witwe zu amüsieren", hatte sie Helga und Karl erklärt.

Auf der steilen Strecke zur Scheib hinauf sah sie zwei Männer eine große Ladung Kohle auf dem Trottoir durch ein schmales Kellerloch in einen Kohlenkeller schaufeln. Dabei fiel ihr ein, dass sie unbedingt in den nächsten Tagen auch mal Zuhause nachschauen musste, ob ihr Kohlenvorrat für den nächsten Winter ausreichen würde, denn mit dem Ende der Kirmes würde auch bald die warme Jahreszeit enden. Um den Hausbrand und andere Dinge hatte sich Norbert früher immer gekümmert, aber jetzt …, schlagartig verspürte sie es wieder, das Gefühl von Leere und Verlassenheit, das sie seit Monaten ständig begleitete und ihr nur selten etwas Ruhe gönnte.

An der Haltestelle auf der Scheib stieg sie aus und ging ein Stück die Straße hinauf, die am Waisenhaus vorbeiführte. Ein paar Heimkinder standen am Zaun und streckten ihr schon erwartungsvoll die Hände durch das Zaungitter entgegen. Sie hatten nicht vergessen, dass sie ihnen seit ein paar Wochen immer ein paar Bonbons aus ihrer Handtasche zusteckte, wenn sie zum Friedhof ging. Seither warteten sie jeden Freitag um die gleiche Zeit auf sie. Ursula hatte daher gestern in der Bäckerei in der Karlstraße eine Tüte mit Schaumbonbons gekauft, die nicht allzu teuer waren. Die kramte sie jetzt aus ihrer Handtasche und versuchte, sie möglichst gerecht unter den Kindern zu verteilen, was ihr nur halbwegs gelang und bei einigen, die nichts abbekommen hatten, traurige Blicke und ein paar Tränen auslöste. Ein kleines Mädchen von etwa drei Jahren zupfte sie durch den Zaun am Kleid. „Nimmst du mich mit zu dir nach Hause, Tante?", fragte sie.

„Ach, Kindchen, wie gerne würde ich dich mitnehmen, aber ich fürchte, das geht leider nicht."

„Und warum nicht?"

Ursula versuchte, der Antwort etwas auszuweichen. „Hast du denn keine Eltern, mein Kind?"

„Nur eine Mama, Tante, aber bei der darf ich nicht bleiben."

„Und warum nicht?"

„Weiß nicht warum, Tante", sagte das Mädchen und sah sie mit traurigen Augen dabei an.

„Wie heißt du denn eigentlich?"

„Roswitha."

„Ein schöner Name, und weiter?"

„Weiter nichts, Tante. Hast du noch ein Bonbon für mich?"

Sie schüttelte den Kopf und konnte sich ein Lächeln nicht verkneifen. „Leider nicht, mein Kind, aber nächsten Freitag komme ich ganz bestimmt wieder hier vorbei und bringe dir und den anderen Kindern ganz viele Bonbons mit."

Die Kleine quittierte es mit einem etwas skeptischen Blick. „Versprochen, Tante, großes Ehrenwort?"

Ursula nickte. „Großes Ehrenwort, Roswitha. So jetzt muss ich aber weitergehen, auf Wiedersehen, mein Kind." Es fiel ihr schwer, sich von dem kleinen Mädchen zu trennen, das noch lange am Zaun stehen blieb und ihr nachwinkte, bis sie in den schmalen Pfad hinunter zum Friedhofseingang abbog.

Norberts Grab lag nicht allzu weit hinter dem Eingang, ganz in der Nähe der Friedhofskapelle. Dort angekommen stellte sie ihre Sachen ab und setzte sich auf den Rand des gemauerten Wasserbrunnens. Sie wollte nur ein paar Minuten verschnaufen und sich dann gleich an die Arbeit machen. Ihr Blick fiel auf das Holzkreuz, das Karl selbst gezimmert und mit einem Lötkolben „Norbert Wagner" eingebrannt hatte. Mehr nicht. Sie wollte Norbert noch vor dem Winter einen Grabstein machen lassen, wenigstens einen kleinen mit einem Bild von ihm, um sich hier besser mit ihm unterhalten zu können, ganz leise natürlich, aber mit seinem Bild vor ihren Augen. Von dem Sterbegeld, das ihr nach Norberts Tod ausgezahlt worden war, hatte sie sich daher bewusst für einen nicht zu teuren Sarg entschieden, damit wenigstens noch ein Teil für einen Grabstein übrigblieb, der ihr als dauerhafte Erinnerung an ihn viel wichtiger war als so eine Holzkiste, die im Boden ohnehin schon bald vermodern würde. Den Restbetrag würde sie in Raten abstottern, hatte sie mit dem Steinmetz ausgemacht, der ein ehemaliger Schulkamerad von Norbert war und sich nur deshalb damit einverstanden erklärt hatte, wofür sie ihm sehr dankbar war. Unwillkürlich musste sie über diese absurden Gedanken den Kopf schütteln, denn ihre kleine Rente würde ohnehin nicht ausreichen, um davon alleine auf Dauer leben zu können. Sie würde sich auf jeden Fall noch etwas dazu verdienen müssen. Vielleicht als Aushilfe in der Bäckerei in der Karlstraße, in der sie früher als Verkäuferin gearbeitet und dort auch Norbert kennengelernt hatte. Morgens auf dem Weg zur Arbeit hatte er immer ein Brötchen und einen

Kümmelweck bei ihr gekauft und sie erst nach ein paar Monaten zu fragen gewagt, ob sie mit ihm mal ausgehen würde. So hatte damals alles begonnen und zwei Jahre später hatten sie geheiratet. Sie hätte gerne noch weiter in der Bäckerei gearbeitet, wenigstens ein paar Stunden am Tag aushilfsweise, aber Norbert war strikt dagegen. „Du bist jetzt meine Frau, Ursula. Meine Frau muss nicht arbeiten gehen. Das wäre ja noch schöner. Ich verdiene genug, das reicht für uns beide. Und wenn wir erst mal Kinder haben, dann kannst du ohnehin nicht mehr arbeiten gehen", hatte er gesagt. Aber sie bekamen keine Kinder, obwohl sie sich beide so sehr Kinder gewünscht hatten. Ob es an ihr oder an ihm lag, dass sie nicht schwanger geworden war? Sie wussten es nicht und irgendwann hatten sie sich damit auch abgefunden. Umso mehr freuten sie sich beide über ihre Rollen als Onkel und Tante, die sie bei der Tochter von Karl und Helga einnehmen konnten. Da die Drei gleich neben ihnen im Brunnenweg wohnten, waren sie im Laufe der Jahre zu einer Art Großfamilie zusammengewachsen, wenn auch zu keiner allzu großen. Eine große Erleichterung für sie, weil Norbert mit seinem Laster immer wieder mal für ein paar Tage auf Achse war. Und auch jetzt gaben ihr die Schwägerin, die wie eine gute Freundin zu ihr war, und ihr Schwager, der seinem Bruder Norbert sehr ähnelte, wenigstens ein bisschen das Gefühl, nicht völlig alleine auf sich gestellt zu sein, denn aus ihrer Familie gab es sonst keine Verwandten mehr. Eine vorbeiziehende Beerdigungsprozession riss sie plötzlich aus ihren Gedanken. Hastig, fast so, als hätte sie etwas Unerlaubtes getan, sprang sie auf und begann mit der Arbeit am Grab. Nachdem sie das Heidekraut eingepflanzt und mit der Gießkanne gewässert hatte, nahm sie die Grabkerze aus dem Einkaufsnetz, zündete sie mit einem Streichholz an und stellte sie in die kleine Grablaterne neben dem Holzkreuz. Dann setzte sie sich noch einmal auf den Brunnen und starrte in das Licht der flackernden Kerze, das in der anbrechenden Dämmerung kaum wahrnehmbar war und dennoch ihr Herz zu berühren vermochte, wenigstens ein kleines bisschen. Wehmut und Sehnsucht drohten sie plötzlich wieder zu übermannen. Hastig verließ sie daher den Friedhof. Fast schien es ihr, als würde sie Norbert auf ihrem Weg zurück nach Hause begleiten, ein unsichtbarer Begleiter, den außer ihr niemand wahrzunehmen vermochte.

Kapitel 2: Hoffnung

Am nächsten Morgen kaufte sie in der Bäckerei ein Mischbrot vom Vortag, das es dort immer etwas billiger gab, und dazu noch einen halben Streuselkuchen, um Helga und Karl am Nachmittag wenigstens ein Stück Kuchen anbieten zu können. Früher, als Norbert noch lebte, hatte sie immer selbst Kuchen gebacken, wenn er übers Wochenende zu Hause war.

„Darf es sonst noch etwas sein", fragte Frau Schneider und reichte ihr den Kuchen und das Brot über die Ladentheke.

„Nein, danke." Sie zögerte einen kurzen Moment. „Oder vielleicht doch, ich wollte Sie eigentlich mal fragen, ob Sie nicht eine Aushilfe hier im Laden brauchen könnten, ab und zu wenigstens. Ich meine, Sie haben ja auch noch den kompletten Haushalt zu versorgen. Da habe ich mir gedacht, dass ich vielleicht wieder wie früher ..."

„Sagen Sie bloß, Sie wollen wieder anfangen zu arbeiten, Frau Wagner? Die Witwenrente reicht wohl nicht, um davon leben zu können?"

„Ja, leider, aber ich muss auch so etwas tun, um mal wieder unter Menschen zu kommen. Immer nur alleine zu Hause, das halte ich auf Dauer nicht aus."

Frau Schneider nickte. „Das verstehe ich sehr gut. Ich habe Sie als eine tüchtige Verkäuferin immer sehr geschätzt. Sie kommen aber leider etwas zu spät, weil meine Nichte nächsten Monat hier eine Lehre als Bäckereiverkäuferin anfängt. Und noch jemand zusätzlich, das können wir uns leider nicht leisten, Frau Wagner. Ich hoffe, Sie verstehen das."

„Natürlich verstehe ich das, Frau Schneider", erwiderte sie. Sie versuchte, sich die Enttäuschung nicht anmerken zu lassen, was ihr aber nur halbwegs gelang. „Jammerschade, aber wenn Sie vielleicht eine andere Gelegenheit wüssten für mich, wäre ich Ihnen sehr dankbar."

„Muss es denn unbedingt eine Stelle als Verkäuferin sein?"

„Nein, das nicht, ich dachte nur, weil ich das früher auch ...""

„Moment mal, mir fällt da gerade was ein", wurde sie von Frau Schneider unterbrochen. „Könnten Sie sich vielleicht auch vorstellen, im Waisenhaus auszuhelfen, in der Küche oder beim Reinigungspersonal zum Beispiel?"

Sie nickte. „Aber klar, das würde mir sogar sehr großen Spaß machen, ich meine den Umgang mit Kindern. Suchen die etwa jemand?"

„Ich meine, ja. Meine Schwester arbeitet dort und sie hat letzte Woche so etwas erwähnt. Sie kommt morgen zu Besuch. Wenn Sie wollen, kann ich sie gerne mal danach fragen."

„Oh ja, Frau Schneider, tun Sie das bitte. Ich wäre Ihnen wirklich sehr dankbar dafür."

„Das mache ich und ein gutes Wort für Sie werde ich auch gerne einlegen. Ich kenne Sie schon so lange und weiß ja, dass Sie sehr fleißig und zuverlässig sind. Wenn Sie Montag mal reinschauen, kann ich ihnen vielleicht schon etwas mehr sagen."

„Aber natürlich komme ich, ich kann es ja jetzt schon kaum erwarten. Vielen Dank und ein schönes Wochenende wünsche ich Ihnen", erwiderte sie und verließ den Laden. Zum ersten mal seit Norberts Tod verspürte sie wieder ein wenig Hoffnung.

Nachmittags kamen Helga und Karl mit Monika vorbei. Immer wenn sie ihren Schwager sah, versetzte es ihr einen kleinen Stich in der Brust. Karl war zwar über zwei Jahre jünger als Norbert, aber dennoch glichen sich die beiden Brüder fast wie Zwillinge. Mit ihrer sportlichen Figur, dem markanten Gesicht und den nach hinten gekämmten Haaren ähnelten sie nach ihrer Ansicht diesem blendend aussehenden amerikanischen Schauspieler ein bisschen, der früher ihr großer Schwarm war und dessen Name ihr jetzt partout nicht mehr einfallen wollte. Vermutlich hatte sie sich wegen dieser Ähnlichkeit damals auch direkt in Norbert verliebt, vor vielen Jahren.

Mit einer Holzfeile und Schmirgelpapier bewaffnet machte sich Karl an der klemmenden Haustür zu schaffen, während Ursula und Helga im Schlafzimmer oben Kleidung aussortierten und aus ihrem Bett die Matratze und das Bettzeug herausnahmen, damit sich das schwere Bettgestell mit Karls Hilfe leichter in den Vorraum schieben ließ.

„Willst du denn wirklich dein Bett aus eurem Schlafzimmer nehmen, Ulla? Ich meine, es passt doch alles so gut zusammen, und in dem kleinen Vorraum ist ohnehin kaum noch Platz", fragte Helga.

Ursula nickte. „Ja, Helga, ich fühle mich in dem großen Doppelbett einfach nicht mehr wohl, so ganz alleine. Es sind auch zu viele Erinnerungen damit verbunden, die mich kaum schlafen lassen. Ich brauche diese Veränderung einfach, um ..."

„Schon gut, ich verstehe", unterbrach sie Helga, „wir machen das jetzt einfach so und wenn du es dir doch wieder anders überlegen solltest, dann stellen wir halt alles noch einmal um."

Als Karl nach oben kam, fragte ihn Helga: „Hast du das mit der Haustür hinbekommen?"

„Klar doch, sie hat sich nur etwas verzogen und ist über den Boden geschleift. Ich habe sie daher unten etwas abgeschliffen. Kann sein, dass es jetzt im Winter etwas durchzieht, aber dann legst du einfach ein zusammengerolltes Stück Stoff oder eine alte Decke von innen vor die Tür."

„Kein Problem, das haben wir im Winter ohnehin immer gemacht. Danke, Karl. Wenn wir das Bett im Vorraum aufgebaut haben, gibt es noch Kaffee und Kuchen."

„Streuselkuchen?", fragte Karl.

„Na klar, ich weiß doch, dass das dein Lieblingskuchen ist. Ich habe ihn aber diesmal nicht selbst gebacken, sondern bei Frau Schneider gekauft. Ihr Mann backt den besten Kuchen weit und breit, finde ich jedenfalls. Und zur Feier des Tages gibt es ausnahmsweise mal echten Bohnenkaffee. Ich habe zum Glück noch zwei Päckchen mit richtigen Kaffeebohnen, die Norbert auf seinen Fahrten ins Reich mal mitgebracht hat."

„Na, dann aber ran ans Bett, Helga", brummte Karl, „denn ich habe einen Bärenhunger. Ursula kann schon mal den Kaffee mahlen. Wir schaffen das mit dem Bett auch ohne sie."

„Na gut, dann nehme ich Monika am besten gleich mit runter, damit ihr hier oben ungehindert hantieren könnt. Gehst du mit, Monika? Wenn du magst, kannst du mir helfen und schon mal die Kaffeebohnen mahlen."

Monika hatte sich ohnehin beim Aufräumen gelangweilt und war froh über die willkommene Abwechslung. „Au fein, Tante Ursula, das mache ich gerne. Dass den Erwachsenen Kaffee schmeckt, finde ich ja schrecklich, wo der doch so bitter ist, aber die Kaffeebohnen oben in die Mühle schütten und mit der Kurbel mahlen, das mache ich gerne. Das riecht immer so fein, wenn man die kleine Schublade öffnet und den gemahlenen Kaffee herausnimmt."

Nur ein paar Minuten später stieg Kaffeeduft aus der Küche nach oben ins Schlafzimmer.

„Wie weit seid ihr denn mit dem Bett? In fünf Minuten ist der Kaffee fertig", rief Ursula nach oben.

„Wir haben es gleich geschafft", erwiderte Karl, „du kannst ja inzwischen schon mal den Tisch decken."

„Darauf wäre ich von alleine nie gekommen", bekam er als Antwort von unten zurück, was ein Stockwerk höher bei Helga einen kleinen Lachkrampf auslöste.

Als sie später zusammen saßen erwähnte Ursula, dass die Frau des Bäckermeisters ihr bei der Vermittlung einer Arbeitsstelle im Waisenhaus behilflich sein wolle. „Hoffentlich klappt das auch, denn das würde ich wirklich sehr gerne machen", sagte sie.

Helga nickte. „Das kann ich gut verstehen. Ich weiß ja, wie gerne du mit Kindern zusammen bist. Jammerschade, dass Norbert und du keine Kinder ...", sie stockte mitten im Satz und sagte dann, „Entschuldigung, das ist mir jetzt einfach so herausgerutscht. Ich wollte dich damit nicht verletzen, Ulla."

„Du musst dich nicht entschuldigen, Helga. Der liebe Gott hat es halt anders gewollt. Wer weiß, ob es nicht besser so war, ich meine jetzt, wo Norbert nicht mehr lebt. Andererseits wäre ich mit Kindern wenigstens nicht so alleine."

„Der liebe Gott hat leider auch nicht gewollt, dass Karl und ich noch ein Kind bekommen", seufzte Helga. „Wir hatten uns beide so sehr noch einen Jungen gewünscht und waren überglücklich, als ich vor ein paar Jahren wieder schwanger geworden bin. Aber dann ...", sie schüttelte nur den Kopf, während Karl für sie fortfuhr.

„Aber dann hatte sie die Fehlgeburt und ein Jahr später noch einmal eine. Du erinnerst dich, Ursula. Der Arzt hat uns damals dringend vor einer weiteren Schwangerschaft gewarnt und Helga die Unterbindung empfohlen. Ich bin offen gestanden bis heute noch nicht ganz darüber hinweggekommen. Die Familie Wagner wird aussterben. Das macht mich einfach traurig, denn nachdem gleich zwei von uns vier Brüdern im Krieg gefallen waren und Norbert und du auch keine Kinder kriegen konntet, hatten meine Eltern so gehofft, dass wenigstens Helga und ich für einen Stammhalter sorgen würden. Ich natürlich auch. Aber noch gibt es die Familie Wagner ja und wir sind auch eine verschworene Gemeinschaft, die fest zusammenhält. Wir lassen dich schon nicht im Stich", fuhr er fort. „Aber musst du denn wirklich arbeiten gehen? Dass deine Witwenrente alleine nicht ausreicht, verstehe ich ja, aber Norbert hat doch schon gleich nach eurer Hochzeit eine Lebensversicherung zu deinen Gunsten abgeschlossen, damit du auch gut abgesichert bist, falls ihm mal etwas unterwegs passieren sollte. Jedenfalls hat er mir das so erzählt. Hat man dir das Geld eigentlich schon ausgezahlt? Das müssten doch mindestens ein paar hunderttausend Franken sein, wenn nicht sogar noch mehr."

Ursula schüttelte den Kopf. „Nein, Karl. Ich habe das ganze Haus deswegen schon so oft auf den Kopf gestellt, aber keine Versicherungspolice gefunden. Sie lag ja immer bei den anderen

Papieren im Wohnzimmerschrank, aber es existiert wohl keine Lebensversicherung mehr."

„Unsinn", brummte Karl, „Norbert hat die Police vielleicht sonst irgendwo hingelegt. Sie wird sich schon finden. Sollen wir dir nachher mal suchen helfen?"

Ursula schüttelte den Kopf. „Nein, das ist zwecklos. Ich war selbst schon bei der Versicherung und habe mich danach erkundigt. Der zuständige Versicherungsvertreter hat mich darüber informiert, dass Norbert die Versicherung vor ein paar Jahren gekündigt hat und dass ihm dann die anteilige Versicherungssumme ausbezahlt worden sei. Er hätte ihm damals zwar dringend davon abgeraten, weil er dabei auf jeden Fall einen Verlust machen würde, aber Norbert habe sich nicht davon abhalten lassen."

„Das gibt es doch gar nicht, was hat er denn mit dem Geld gemacht? Ich meine, selbst wenn es ein Verlustgeschäft war, muss es doch trotzdem noch eine beachtliche Summe gewesen sein. Hat er vielleicht ein Sparkonto angelegt oder das Geld hier im Haus irgendwo versteckt? Oder habt ihr euch etwas davon gekauft, vielleicht Schmuck oder sonst etwas?"

„Nein Karl, ich stehe ja auch vor einem Rätsel. Es gibt weder eine Versicherungspolice noch ein Sparbuch, auch kein Bargeld. Eigentlich wollte ich es euch ja gar nicht sagen, aber weil du danach gefragt hast, will ich euch auch nichts vormachen. Auf jeden Fall habe ich außer der Witwenrente und ein paar Notgroschen für alle Fälle weiter nichts und muss mir daher unbedingt noch etwas dazuverdienen. Das wäre ja nicht so tragisch, wenn ich nur wüsste ...", sie stockte und sah Helga und Karl kopfschüttelnd an. „Er hatte offenbar ein Geheimnis vor mir, das er mit ins Grab genommen hat. Ich zermartere mir schon lange das Hirn darüber, aber ich finde einfach keine Erklärung dafür. Das quält mich schon die ganze Zeit, ich meine, neben der Trauer um ihn. Könnt ihr das verstehen?"

Helga und Karl nickten nur stumm und blickten betreten unter sich.

„Mach dir mal keine Sorgen, Ursula, das klärt sich bestimmt alles noch auf", versuchte Karl sie zu beruhigen.

„Dann bleibt nur zu hoffen, dass es kein dunkles Geheimnis war, das mit ihm auf dem Friedhof begraben liegt", erwiderte Helga bedeutungsvoll, verstummte aber sofort, als Karl ihr kopfschüttelnd bedeutete, zu schweigen.

Kapitel 3: Gute Nachricht

Den Sonntagvormittag verbrachte Ursula im nahegelegen Garten an der Brunnenstraße, den Norbert und sie zusammen mit Helga und Karl gepachtet hatten, um dort etwas Gemüse und Obst für den eigenen Bedarf anzubauen. Nachmittags kam ihre Schwägerin mit Monika dazu. Sie vertrieben sich die Zeit mit „Mensch ärgere dich nicht" und anderen Spielen in dem kleinen Gartenhaus, für das die beiden Brüder das Baumaterial vor Jahren aus den umliegenden Bauruinen organisiert hatten, die als stumme Zeitzeugen noch etliche Jahre nach Kriegsende an die heftigen Bombenangriffe auf Neunkirchen in den letzten Kriegstagen erinnerten. Abends saß sie auf dem Sofa im Wohnzimmer und blätterte das Fotoalbum durch, das Norbert ihr zum zehnten Hochzeitstag geschenkt hatte. Erinnerungen in schwarzweiß an ihre gemeinsame Zeit, die so plötzlich und viel zu früh für immer vorbei war. Sie ging relativ früh ins Bett, konnte aber noch lange nicht einschlafen, weil sie die Erinnerungen an die Vergangenheit wach hielten. Aber sie verspürte auch keine Lust dazu, in ihrem Liebesroman noch ein bisschen weiterzulesen. *Hoffentlich funktioniert das wenigstens mit der Stelle im Waisenhaus,* dachte sie und knipste die Nachttischlampe aus.

Am nächsten Morgen konnte sie es kaum erwarten, in die Bäckerei zu gehen. Frau Schneider nickte ihr aufmunternd zu und sagte: „Ich habe eine gute Nachricht für Sie, Frau Wagner. Im Waisenhaus werden gleich drei neue Aushilfskräfte gebraucht. Ich habe gestern meine Schwester gebeten, für Sie bei der Heimverwaltung ein gutes Wort einzulegen. Sie hat mich gerade eben von dort angerufen und mir gesagt, dass man Sie morgen Vormittag um zehn Uhr zu einem Vorstellungsgespräch erwartet. Sie sollen Ihren Personalausweis, einen Lebenslauf und ein Abschlusszeugnis von der Berufsschule mitbringen. Sie haben doch hoffentlich morgen Zeit, oder?"

Ursula konnte ihr Glück kaum fassen. „Das ist ja prima, ich weiß überhaupt nicht, was ich jetzt dazu sagen soll. Ich bin jedenfalls überglücklich, Frau Schneider. Das muss ich gleich meiner Schwägerin erzählen", erwiderte sie und machte auf dem Absatz kehrt, um die Bäckerei zu verlassen.

„Halt, Frau Wagner", hörte sie Frau Schneider rufen.

„Gibt es etwa doch noch ein Problem? Ich meine ..."

Frau Schneider lachte. „Keine Sorge, aber Sie haben etwas vergessen", sagte sie und reichte ihr ein Brot über die Theke.

„Ach ja, das Brot. Daran habe ich überhaupt nicht mehr gedacht. Danke, Frau Schneider. Ich komme übermorgen vorbei und sage Ihnen dann, ob es geklappt hat mit der Stelle."

„Auf jeden Fall, denn ich bin ja auch sehr gespannt und drücke Ihnen ganz fest die Daumen für morgen. Also dann, auf Wiedersehen bis Mittwoch."

„Auf Wiedersehen und nochmals vielen Dank", erwiderte sie und verließ die Bäckerei in Richtung Oberer Markt, um im Schreibwarengeschäft noch einen Schreibblock und einen Füllfederhalter zu kaufen. Danach ging sie noch kurz bei ihrer Schwägerin vorbei, um ihr die Neuigkeit zu erzählen. „Ich bin so aufgeregt, Helga", sagte sie. „Wenn die mich nehmen sollten, dann feiern wir aber richtig bei mir. Ich habe noch ein paar Flaschen Bier für Karl und für uns einen Eierlikör zu Hause."

„Ja, das machen wir. Eierlikör trinke ich für mein Leben gerne, am liebsten mit etwas gemahlenem Bohnenkaffee oben drauf."

„Ich weiß gar nicht, was ich zum Gespräch morgen Früh anziehen soll. Ich habe doch die ganze Zeit das schwarze Kleid an, das ich mir für die Beerdigung gekauft habe, wenn ich vor die Tür gehe. Ich kann doch jetzt keinen Rock und eine bunte Bluse anziehen. Und in dem schwarzen Kleid …, ich weiß nicht."

„Aber natürlich Ulla, das hoch geschlossene Trauerkleid ist für die Vorstellung bei den Nonnen im Waisenhaus genau das Richtige, wenn du mich fragst. Deinem Vorstellungsgespräch steht also nichts mehr im Wege."

„Doch, Helga, ich muss noch einen Lebenslauf schreiben und will mich auch noch ein bisschen auf das Gespräch vorbereiten. Man weiß ja nie, was die so alles von mir wissen wollen. Ich gehe deshalb auch gleich wieder."

„Tu das, Ulla und komm doch einfach heute Abend noch einmal gegen sieben Uhr zum Nachtessen rüber, wenn du magst. Karl ist dann auch wieder da und wir können uns danach noch ein bisschen unterhalten."

„Danke, Helga, aber ich möchte mich in aller Ruhe auf das Gespräch morgen einstellen. Das kann ich halt am besten, wenn ich alleine bin. Aber morgen Abend komme ich gerne zu euch, dann kann ich euch genau erzählen, wie es gelaufen ist. Einverstanden?"

„Einverstanden! Mach dich aber jetzt nicht verrückt wegen morgen. Falls sie dich nicht einstellen, kann Karl auch mal seinen Freund fragen, der bei der Menestra im Personalbüro arbeitet. Die suchen auch immer Hilfsarbeiter und zahlen gar nicht mal so schlecht, wahrscheinlich noch etwas besser als die Nonnen im Waisenhaus."

„Das mag sein, Helga, aber dort wäre ich immer in der Nähe von Norberts Grab und zudem auch mit Kindern zusammen. Etwas Schöneres könnte ich mir für mich nicht vorstellen."

„Kann ich verstehen. Wir drücken dir jedenfalls fest die Daumen. Morgen Abend um sieben will ich von dir hören, dass sie dich angenommen haben."

„Dein Wort in Gottes Ohr. Wenn es tatsächlich funktionieren sollte, dann stifte ich am Sonntag in der Marienkirche auch eine Kerze für ihn."

„Na dann kann doch eigentlich gar nichts mehr schief gehen", erwiderte Helga.

Am nächsten Abend erschien Ursula pünktlich zum Nachtessen und brachte vor Aufregung kaum einen Bissen herunter, obwohl Helga extra für sie Heringe mit Pellkartoffeln gemacht hatte, ihre Lieblingsspeise.

„Na los, Ursula, spanne uns nicht länger auf die Folter und erzähle mal, wie es war, dein Bewerbungsgespräch", forderte Karl sie auf.

Sie strahlte über das ganze Gesicht. „Ich habe es tatsächlich geschafft. Ich bin so glücklich darüber, das glaubt ihr nicht. Sie geben mir eine Stelle als Aushilfe, zunächst zwar nur ein halbes Jahr zur Probe, aber wenn es dann gut für mich läuft, wollen sie mich fest einstellen. Na, was sagt ihr?"

„Das ist ja großartig, Glückwunsch, Ursula", erwiderte Karl und drückte sie kurz an sich. „Wann kannst du anfangen?"

„Gleich nächste Woche schon. Sie haben momentan einen Engpass, weil zwei Aushilfen vor kurzem in Rente gegangen sind und eine Köchin unerwartet gestorben ist. Deshalb wollen sie mich auch so schnell es geht einstellen."

„Und was genau sollst du dort machen?"

„Das habe ich sie auch gefragt, aber ich soll wohl während der Probezeit als eine Art Mädchen für alles eingesetzt werden, immer dort, wo es am dringendsten ist. Erst später wollen sie mir dann eine feste Arbeit zuteilen."

„Das klingt doch nicht schlecht, denn so lernst du das Heim auch am besten kennen", sagte Helga.

Karl nickte. „Und was bezahlen sie dir?"

Ursula schüttelte den Kopf. „Offen gestanden, ich habe völlig vergessen, danach zu fragen, vor lauter Aufregung, aber allzu viel wird es sicher nicht sein."

„Typisch Frau", brummte Karl, „das Wichtigste einfach zu vergessen."

„Nein Karl, das ist nicht das Wichtigste für mich. Die Arbeit mit Kindern, das ist das Wichtigste. Außerdem kann ich an den Mahlzeiten im Heim kostenlos teilnehmen. Das ist doch auch gut, oder?"

„Sicher. Ich hoffe nur für dich, dass du nicht noch Geld mitbringen musst, um dort arbeiten zu dürfen."

Helga schüttelte fassungslos den Kopf. „Nun mach aber mal einen Punkt, mit deiner Skepsis verdirbst du ja deiner Schwägerin am Ende noch den ganzen Spaß."

„Keine Angst, Helga, für mich ist heute wie Weihnachten und niemand kann mir die Freude nehmen, auch mein Schwager nicht."

Karl grinste nur. „Ich bin sehr gespannt, ob du das in zwei oder drei Monaten noch genau so siehst, wenn dich der alltägliche Arbeitstrott richtig eingeholt hat. Aber jetzt trinken wir erst mal ein Glas Wein auf dein Wohl."

Kapitel 4: Im Waisenhaus

„So, dann kommen Sie mal mit, liebe Frau Wagner", sagte Schwester Rutharda, die Leiterin des Waisenhauses, bei der sich Ursula zum Dienstantritt am ersten Tag melden musste. „Meine Stellvertreterin, die Schwester Maria Augusta, die die Leitung des Waisenhauses irgendwann in nächster Zeit von mir übernehmen soll, ist erst heute Nachmittag wieder im Haus. Ich kann Sie daher erst morgen früh mit ihr bekanntmachen. Aber Sie sind bei mir auch ganz gut aufgehoben, obwohl ich mich als Oberin ansonsten mehr um die übergeordneten Aufgaben und Probleme kümmere." Dann zog sie Ursula bei sich und flüsterte ihr ins Ohr: „Alle nennen mich hier nur hinter vorgehaltener Hand Rutharda, der Hausgeist, und sie glauben tatsächlich, ich wüsste das nicht. Dabei vergessen sie völlig, dass man doch vor so einem Geist nichts verbergen kann", schmunzelte sie. „Aber ich bemühe mich darum, wenigstens einen guten Hausgeist für alle hier zu verkörpern, womit aber nicht nur die Waisenkinder gemeint sind", schob sie nach und kicherte wie ein kleines Mädchen dabei. „Wir machen gleich mal einen kleinen Rundgang durchs Haus, damit Sie zumindest einen groben Überblick bekommen und sich hier auch schnell alleine zurechtfinden." Schwester Rutharda nahm Ursula kurz entschlossen an der Hand und nickte ihr aufmunternd zu. Die kleine Ordensfrau in ihrer Nonnentracht machte einen sehr netten Eindruck, ganz und gar nicht so streng, wie Ursula sich Nonnen im allgemeinen vorgestellt hatte. Unter ihrer weißen Haube waren nur ihre kleine Stupsnase, zwei freundlich strahlende Augen hinter einer einfachen Nickelbrille und leicht gerötete Wangen zu erkennen. „Wir haben fast dreihundert Waisenkinder zu betreuen, davon über dreißig Säuglinge und Kleinkinder. Etwa zwanzig Schwestern, vierzig Angestellte und Hilfskräfte, zu denen Sie ab heute auch gehören, teilen sich die Arbeit auf. Und es ist sehr viel Arbeit, nicht nur im Haus selbst, denn wir unterhalten auch einen eigenen landwirtschaftlichen Betrieb mit Kühen und Schweinen. Für die Arbeit auf dem Feld haben wir zwei Zugpferde und einen Traktor. Nicht nur das, wir backen unser tägliches Brot selbst und haben sogar eine eigene Werkstatt für die Reparatur von Schuhen und so weiter. Ach ja, eine Schneiderei gibt es natürlich auch. Und für die Schulentlassenen, die sonst nirgendwo unterkommen, unterhalten wir sogar eine Haushaltsschule." Man sah der kleinen Ordensfrau an, wie stolz sie auf das Waisenhaus war. „Das alles werden Sie natürlich erst nach und nach kennenlernen. Wir konzentrieren uns fürs Erste mal auf ihren künftigen Arbeitsbereich hier im Haus. Im Erdgeschoss haben Sie ja schon die große Vorhalle der Kapelle gesehen, in die wir nachher auch einen kurzen Blick hineinwerfen können. Sie ist wirklich wunderschön. Von der Vorhalle kommt man links ins Waisenhaus mit den Schlafsälen für die Knaben und in die Schwesternzimmer. Dort gibt es auch einen Aufgabensaal und einen Tagesraum für unsere Kleinkinder mit Ausgang zu einem kleinen Spielhof. Im ersten Stock sind die Klausur für die Schwestern und die Schlafsäle für die Mädchen untergebracht sowie ein Bereich für Säuglinge und Kleinkinder. Und im Dachgeschoss sind die Schlafzimmer für die größeren

Mädchen sowie ein großes Bad für die Kinder. Im Kellergeschoss befinden sich die Küche, der Speisesaal, die Waschküche, eine Plätterei, die Spielschule und die Backstube sowie verschiedene Vorratsräume. Aber es bringt nichts, wenn ich Ihnen das alles im Detail schildere. Wir fangen unseren Rundgang am besten im Obergeschoss an und beenden ihn unten in der Küche, weil Sie heute und die nächsten Tage auf jeden Fall dort mithelfen müssen, das Essen zuzubereiten, die Essensausgabe bei den Mahlzeiten mit eingeschlossen. Und nach der letzten Mahlzeit müssen der Speisesaal und der Küchenbereich natürlich auch geputzt werden. Die Schlafräume machen wir immer vormittags sauber, wenn alle Kinder aufgestanden sind."

Als sie nach Abschluss des Rundgangs die Großküche im Kellergeschoss betraten, waren dort die Vorbereitungen für das Mittagessen bereits in vollem Gang. Ursula schlug der Geruch einer herzhaften Gemüsesuppe entgegen. Mindestens ein halbes Dutzend Frauen war damit beschäftigt, Gemüse zu putzen, kleinzuschneiden und in riesigen Suppentöpfen umzurühren, die auf großen holz- und kohlebefeuerten Küchenherden erhitzt wurden.

„Zuerst bekommen die Kleinen, die noch nicht in die Schule gehen, ihr Mittagessen. Später sind dann die Größeren dran, wenn sie aus der Schule oder von der Arbeit zurückgekommen sind. Am besten ist es, wenn Sie mit Helene zusammen das Gemüse für die Suppe vorbereiten. Ich möchte sie Ihnen gerne als Helferin zuteilen. Helene ist ein ehemaliges Heimkind. Alle Heimkinder müssen das Waisenhaus spätestens verlassen, wenn sie erwachsen und volljährig sind, die Knaben sogar schon, wenn sie die Schule beendet haben und eine Lehre beginnen oder gleich eine richtige Arbeit. Aber Helene ist geistig leider etwas zurückgeblieben. Sie hat daher auch keinen Schulabschluss und kann kaum lesen und schreiben. Außerdem ist sie sehr in sich gekehrt und redet nicht viel, jedenfalls nicht mit den meisten der hier Anwesenden. Allerdings führt sie oft Selbstgespräche, wobei sie steif und fest behauptet, sie würde sich schon mit anderen unterhalten und sich sehr darüber wundert, dass die aber niemand außer ihr sehen kann."

„Also eine Verrückte", rutschte Ursula spontan heraus, wofür sie sich aber gleich entschuldigte.

„Sie brauchen sich nicht dafür zu entschuldigen, denn so denken ja die meisten über sie", erwiderte Schwester Rutharda. „Ich habe bei ihr aber manchmal das Gefühl, dass sie tatsächlich Dinge sieht und hört, die andere nicht wahrnehmen können. Ich bin mir jedenfalls sicher, dass es Dinge zwischen Himmel und Erde gibt, die manchen Menschen nicht so verschlossen bleiben wie den meisten. Ich möchte sie daher auch nicht einfach als verrückt bezeichnen. Ob sie es ist oder nicht, das weiß letztlich nur der Herr im Himmel", sagte sie und warf einen bedeutungsvollen Blick nach oben. „Normalerweise hätten wir Helene einer Nervenheilanstalt übergeben müssen, auch weil sie nicht ohne Aufsicht sein kann. Leider hat sie keine Verwandten, die sich um sie kümmern könnten. Aber ich habe mich dafür eingesetzt, dass wir sie auch weiter hier im Waisenhaus behalten und sie als ungelernte Hilfe beschäftigen. Wir haben ihr im Dachgeschoss eine kleine Kammer eingerichtet. Sie hat natürlich auch freie Verpflegung bei uns. Außerdem erhält sie noch ein kleines Taschengeld. Ich habe mich bisher insbesondere um sie gekümmert, aber ich habe so viel zu tun und daher leider nicht genügend Zeit für sie. Man muss ihr nämlich ständig hinterher sein, sonst sitzt sie irgendwo in einer Ecke oder draußen unter den Bäumen und redet oder singt vor sich hin. Man darf sie aber nicht tadeln oder anschreien, denn dann fängt sie an zu weinen wie ein kleines Kind. Ich habe bisher noch niemand hier gefunden, der das notwendige Mitgefühl für sie aufbringen kann. Außerdem würde sie vom Stammpersonal, das sie meistens schon als Kind kennt, immer wie eine Behinderte behandelt werden. Das hätte Helene aber nicht verdient. Ich erzähle Ihnen das alles, weil ich gleich gemerkt habe, dass Sie Kinder sehr mögen und wohl auch nett zu unseren Heimkindern sein werden. Wenn es Ihnen dazu noch gelingen sollte, Helene wie ein großes Kind anzunehmen, dann wäre ich sehr froh darüber. Glauben Sie mir, Sie könnten damit einen wirklich liebevollen Menschen für sich gewinnen. Möchten Sie es mal mit Helene versuchen, Frau Wagner?"

„Aber natürlich, sehr gerne." Ursula war froh darüber, dass ihr die Oberin gleich an ihrem ersten Arbeitstag so viel Vertrauen entgegenbrachte. Das wollte sie auf keinen Fall enttäuschen.

„Das freut mich", sagte die Schwester und winkte Helene zu sich. „So Helene, das ist Frau Ursula Wagner, die hier bei uns mitarbeiten wird. Und weil du dich hier im Waisenhaus so gut auskennst, wirst du von jetzt an mit Frau Wagner zusammenarbeiten, die sich auch sonst ein bisschen um dich kümmern wird. Hast du das begriffen, Helene?"

Die junge Frau strahlte über das ganze Gesicht, ging auf Ursula zu und umarmte sie spontan. „Gehst du auch mit mir spazieren, Ursula?"

Die wusste vor lauter Verlegenheit überhaupt nicht, wie sie darauf reagieren sollte und erwiderte schließlich: „Ich glaube nicht, dass das Schwester Rutharda gefallen würde, Helene. Wir beide sind schließlich dafür da, um hier zu arbeiten, aber nicht, um ...“

Die kleine Ordensfrau winkte schmunzelnd ab. „Na ja, in der Arbeitspause spricht eigentlich nichts dagegen, ein bisschen raus an die frische Luft zu gehen und sich alles hier näher anzuschauen, so lange die Arbeit nicht darunter leidet. Helene liebt es nämlich, aufs Feld oder in die Ställe zu gehen und die Tiere zu streicheln. Doch dafür ist momentan aber keine Zeit, denn es gibt noch sehr viel zu tun. Nehmen Sie sich bitte eine passende Schürze aus dem Blechschrank dort hinten und dann können Sie gleich loslegen und mithelfen, Gemüse klein zu schnippeln, denn heute gibt es zum Mittagessen eine kräftige Gemüsesuppe. Ich stelle Sie noch kurz dem restlichen Küchenpersonal vor. Die Küchenmeisterin heißt übrigens Olga Novickie. Sie stammt aus Polen und hat einen Kommandoton wie ein richtiger Feldwebel an sich. Aber das täuscht, denn Olga ist sehr nett, vorausgesetzt, Sie machen alles genau so, wie sie es vorgibt. So, ich muss jetzt schleunigst zurück ins Büro, denn die Arbeit dort macht sich auch nicht von alleine. Ich überlasse Helene und Sie jetzt Olga und dem Gemüse, Frau Wagner.“

Nachdem die Suppe fertig zubereitet war, wurde sie in großen Henkeltöpfen in den Speisesaal transportiert und dort auf einem langen Tisch neben der Eingangstür abgestellt. Daneben Brotkörbe mit dünn geschnittenen Scheiben Brot, das bestimmt schon ein paar Tage alt sein musste, so jedenfalls war es Ursula beim Brotschneiden vorgekommen. Sie stand mit Helene hinter den Tischen und die Kinder gingen mit Tellern und einem Löffel in der Hand, in einer langen Reihe vor dem Tischen vorbei. Ursula hatte von Olga Anweisung bekommen, jedem Kind nur jeweils einen Schöpflöffel Suppe in den Teller zu geben.

„Sonst reicht Suppe nicht für alle. Kinder wollen immer mehr, aber Suppe muss für alle reichen. Du verstehst? Wenn später Suppe fehlt, ist Spektakel groß und Kind muss warten mit Essen bis abends", hatte Olga ihr mit dröhnender Stimme vorher erklärt und kam bei der Essensausgabe immer wieder mal vorbei, um zu kontrollieren, ob sich die Neue auch daran hielt. Während Ursula die Teller füllte, drückte Helene jedem Kind eine Scheibe Brot in die Hand. Die Kinder nahmen schweigend ihre Mahlzeit entgegen und gingen zu ihrem zugewiesenen Platz. Sie saßen alle auf Holzbänken ohne Rückenlehnen an langen Tischen und löffelten hastig ihre Teller aus, argwöhnisch beobachtet von einigen Nonnen, die sich als Aufpasserinnen im Saal verteilt hatten. Die für eine so große Schar von Kindern ungewöhnliche Stille wurde nur vom monotonen Klappern der Löffel in den Aluminiumtellern unterbrochen. Nach etwa einer Viertelstunde ertönte ein Gong und die Nonnen gaben den Kindern mit einer Handbewegung zu verstehen, den Speisesaal leise zu verlassen. Nachdem sich der Saal geleert hatte, wies Olga das Küchenpersonal an, die restliche Suppe in den Töpfen mit kleinen Brotstückchen versehen in bereitstehende Henkelbecher zu gießen, während eine Reihe von Kleinkindern, zum Teil auf dem Arm oder an der Hand von Betreuerinnen, in den Saal geführt und auf drei große Tische verteilt wurde. Jedes bekam einen Henkelbecher voll Suppe vor sich auf den Tisch gestellt und dazu einen kleinen Löffel. Nur den Allerkleinsten wurde beim Essen geholfen. Ursula hatte an einem der Tische die kleine Roswitha entdeckt, mit der sie beim letzten Friedhofsbesuch ein paar Worte am Zaun gewechselt hatte. Die Kleine saß lustlos am Tisch und nippte nur ab und zu an ihrem Becher. Die Blicke des Mädchens waren starr auf eines der großen Fenster gerichtet.

„Hallo Roswitha, warte Kind, ich helfe dir", rief Ursula ihr zu und wollte gerade zu ihrem Tisch gehen, als sie von einer der Nonnen barsch zurückgewiesen wurde.

Das Mädchen sah zu ihr und strahlte plötzlich über das ganze Gesicht. „Hallo Tante, hast du die Bonbons dabei? Du wolltest doch Bonbons mitbringen." Im gleichen Moment bekam sie eine Ohrfeige von der Nonne, die das Kind lauthals ermahnte, ruhig zu sein und seine Suppe aufzuessen. „Hier gibt es keine Bonbons, weder für dich noch für ein anderes Kind, du undankbares Geschöpf. Du kannst froh sein, dass ich dir die Suppe nicht wegnehme und dich gleich ins Bett schicke", schrie sie, worauf die Kleine in Tränen ausbrach. Ursula brach fast das Herz dabei, aber sie wagte aus Angst vor Problemen gleich an ihrem ersten Arbeitstag einfach nicht, der Nonne zu widersprechen. Nur mühsam gelang es ihr, den Rest des langen Arbeitstages konzentriert bei der Sache zu bleiben. Nach dem Nachtessen, kurz nach sieben Uhr, hatte sie Feierabend und machte sich auf den Nachhauseweg, völlig in Gedanken über ihre Erlebnisse versunken. Die Einladung zum Abendessen bei Helga und Karl hatte sie völlig vergessen.

Kapitel 5: Roswitha

Nach dem Frühstück am nächsten Morgen wurde Ursula von Schwester Rutharda angewiesen, zusammen mit Helene den Schlafraum für die Kleinkinder zu putzen. „Die größeren Kinder müssen das schon selbst machen, aber so lange sie noch nicht eingeschult sind, übernehmen wir das. Im Schlafraum halten sich vormittags keine Kinder auf, deshalb müssen wir die Zeit bis zum Mittagsschlaf der Kleinen nutzen. Schwester Maria Augusta hat mir gesagt, dass nur noch zwei Kinder in ihren Bettchen liegen, das eine hat Fieber und das andere klagt über Bauchschmerzen. Beeilen sie sich bitte, denn spätestens um elf Uhr brauche ich sie wieder unten in der Küche. Und versuchen sie, so leise wie möglich zu sein, um die beiden Kranken nicht allzu sehr zu stören."

Als sie den Schlafraum betraten, hörten sie eines der beiden Kinder leise wimmern. Es war die kleine Roswitha vom Vortag. Ursula beugte sich über die Gitterstäbe des Bettchens zu dem Mädchen hinunter und strich ihr sanft übers Haar. „Was hast du denn Roswitha, tut dir was weh?"

Die Kleine nickte. „Mein Bauch tut so weh. Immer muss ich Haferbrei essen und dann tut der Bauch weh. Ich mag keinen Brei essen, aber ich muss ihn essen, wie alle anderen Kinder auch, sagen die Schwestern. Ich will nie wieder was essen", schluchzte sie, während ihr die Tränen über die Wangen kullerten.

Ursula rief Helene zu sich. „Kannst du vielleicht in die Küche hinunter gehen und Olga fragen, ob sie etwas Tee für die Kleine aufbrühen kann? Fencheltee wäre am besten, glaube ich. Ich fange inzwischen schon mal mit dem Saubermachen an."

Helene nickte und ging nach unten. Etwa eine viertel Stunde später kam sie mit einer kleinen Kanne und einem Trinkbecher zurück.

Ursula richtete Roswitha in ihrem Bettchen auf und hielt ihr den Becher vor den Mund. „Hier, trink das, aber Vorsicht, der Tee ist noch heiß. Nur immer ganz kleine Schlückchen in den Mund nehmen und ganz langsam hinunterschlucken. Du wirst sehen, das hilft dir, mein Kind."

Im gleichen Moment wurde die Tür des Schlafraums aufgerissen und die Nonne, die sie am Vortag bereits im Speiseraum zurechtgewiesen hatte, stürmte herein. „Was tun Sie denn hier?", herrschte sie Ursula und Helene an.

Betreten blickten sie zu Boden. „Schwester Rutharda hat uns beauftragt, den Schlafraum zu putzen, aber das kleine Mädchen hier klagt über ..."

„Worüber das Kind klagt, braucht Sie nicht zu interessieren. Kinder klagen und jammern immer, nur um ihren Willen durchzusetzen. Aber das gibt es bei uns nicht. Wir sind kein Hotel. Gehen sie beide jetzt sofort an ihre Arbeit, um die Kleine kümmere ich mich schon."

„Ja, das wäre gut, denn Roswitha hat Bauchschmerzen", Ursula schwieg für ein paar Sekunden und fuhr dann fort, „vom Brei essen."

„Aha, vom Brei essen also. Das ist bei der Kleinen hier keine Seltenheit, aber wenn es darum geht, Bonbons zu erbetteln wie gestern Mittag, dann hat sie keine Probleme."

„Vielleicht hat das Mädchen ja auch etwas mit dem Magen, wenn sie so empfindlich auf Brei reagiert."

„Sind Sie Ärztin?", herrschte die Nonne sie an.

„Nein, das nicht, aber ..."

„Haben Sie selbst Kinder?"

„Nein, das nicht, aber ..."

Wieder wurde Ursula schroff unterbrochen. „Sie wiederholen sich, Frau Wagner. Ich stelle fest, dass Sie weder von Krankheiten noch von Kindern etwas verstehen. Das ist auch der Grund, warum Sie hier nur als Aushilfe angestellt sind. Tun Sie also das, wofür Sie bezahlt werden und überlassen Sie anderen die Kinderbetreuung. Fünf Minuten vor elf Uhr bin ich wieder da und dann ist dieser Raum hier picobello sauber, sonst werde ich persönlich dafür sorgen, dass das heute Ihr letzter Arbeitstag war", schnaubte die Nonne, machte auf dem Absatz kehrt und verließ den Schlafraum. Mit einem lauten Knall flog die Tür hinter ihr ins Schloss, worauf Roswitha heftig zusammenzuckte und ängstlich zu weinen anfing.

„Ich mag Schwester Margaretha nicht. Sie ist immer böse zu mir, aber jetzt ist sie auch noch böse zu dir", schluchzte sie.

Ursula strich ihr zärtlich über den Kopf. „Kein Grund zum Weinen, mein Schatz. Du schläfst jetzt noch ein bisschen. Helene und ich putzen inzwischen den Boden. Wir müssen uns nämlich beeilen, denn sonst schimpft die Schwester nachher gleich wieder mit uns."

Roswitha nickte. „Ich mag aber nicht mehr schlafen. Darf ich dir und Helene ein bisschen helfen?"

„Nein, mein Kind, das erlaubt Schwester Margaretha sicher auch nicht. Aber wenn du dich in deinem Bettchen ruhig verhältst, dann kannst du uns ja ein bisschen zuschauen. Einverstanden?"

Roswitha nickte. „Einverstanden, Tante, du bist aber lieb. Wie heißt du denn eigentlich?"

„Ursula heiße ich, mein Kind. So, jetzt müssen Helene und ich uns aber beeilen."

Kapitel 6: Geheimnisvoller Brief

Die negativen Erfahrungen mit der Ordensschwester während der ersten beiden Arbeitstage hatten Ursula vorsichtiger werden lassen. Sie wollte nicht noch einmal unangenehm auffallen und konzentrierte sich ausschließlich auf ihre Arbeit. Nur ab und zu, wenn niemand sonst in der Nähe war, wechselte sie im Vorbeigehen ein paar freundliche Worte mit der kleinen Roswitha. Nach ein paar Wochen brachte der Briefträger morgens einen Brief vom Steinmetz zu ihr nach Hause, in dem er ihr mitteilte, dass er den Grabstein mit dem Bild von Norbert inzwischen fertiggestellt und bereits an seinem Grab gesetzt habe. Die Rechnung war ebenfalls beigefügt. Obwohl sie eigentlich schon vorher wusste, was es ungefähr kosten würde, war sie trotzdem geschockt. Nur der Hinweis *Ratenzahlung wie vereinbart in zwölf gleichen Monatsraten ohne Aufschlag* beruhigte sie etwas. Der Steinmetz hatte Wort gehalten. *Eigentlich müsste das zu schaffen sein mit der Rente und dem Zusatzverdienst im Waisenhaus, wenn ich ansonsten sparsam mit meinem Geld umgehe,* dachte sie. Doch auch die Kosten für den Hausbrand bereiteten ihr noch etwas Bauchschmerzen, obwohl Karl wirklich nicht viel dafür haben wollte, zumal er bereits angedeutet hatte, dass sie ihm das Geld dafür zur Not auch in Raten geben könne. *Die Deputatkohle, die wir auf der Grube bekommen, kostet mich ja eigentlich nur den Fuhrlohn, aber so viel Kohle brauchen wir alleine ohnehin nicht. Mach dir also darüber mal keine Sorgen,*

Ursula, und wenn es überhaupt nicht bei dir geht, dann ist es auch nicht tragisch, hatte er zu ihr gesagt. Trotzdem war es ihr unangenehm, denn geschenkt wollte sie nichts haben, auch nicht von ihrem Schwager. Sie wollte ihre Schulden auf jeden Fall so schnell es geht begleichen, sowohl beim Steinmetz als auch bei Karl. Da sie in dieser Woche Spätdienst hatte, nutzte sie am nächsten Morgen die Gelegenheit, zuerst den Friedhof aufzusuchen, um von dort aus dann gleich ins Waisenhaus zu gehen. Auf dem großen Friedhof trieb ein eiskalter Wind das Herbstlaub in Wirbeln durch den schmalen Weg zu Norberts Grab. Sie fröstelte, schlug den Kragen ihres Mantels hoch und beschleunigte ihre Schritte, nicht nur wegen der Kälte, sondern weil sie es auch kaum erwarten konnte, den neuen Grabstein für Norbert zu sehen. Der Steinmetz hatte seinen vollständigen Namen und darunter, in etwas kleinerer Schrift, sein Geburts- und Sterbedatum eingraviert. Rechts über der Gravur hatte er das in Keramik gebrannte Foto von ihm angebracht. Obwohl der Stein nicht von besonders hoher Qualität war, sah das Grab jetzt viel ansprechender aus als vorher mit Karls selbst gezimmertem Holzkreuz. Das Bild von Norbert wertete es nach Ursulas Empfinden besonders auf. Den Bereich vor dem Grabstein würde sie im Frühjahr neu anpflanzen müssen, denn dafür war es jetzt schon zu kalt. Sie brach verstohlen ein paar Zweige von einem großen Tannenbaum in der Nähe ab und bedeckte damit das Grab so gut es ging. Dann machte sie sich schnell wieder zurück ins Waisenhaus. Am nächsten Sonntag hatte sie frei und würde noch mal nach dem Rechten sehen. *Vielleicht lasse ich das Grab auch in Stein einfassen, wenn ich wieder zu etwas Geld gekommen bin,* dachte sie, *aber daran ist die nächsten Jahre wohl kaum zu denken.*

Schwester Rutharda erwartete sie schon mit Helene am Eingang des Waisenhauses und teilte ihr mit, dass sie beide zumindest für den Rest der Woche im Kindergarten aushelfen müssten, weil dort zwei Betreuerinnen wegen einer Grippe ausgefallen seien. Ursula freute sich über die ebenso unerwartete wie willkommene Abwechslung, auch weil sie sich jetzt ohne Schuldgefühle haben zu müssen intensiver mit den Kindern beschäftigen durfte. Weil es draußen zu kalt war wurden die Kinder im Aufenthaltsraum beaufsichtigt, wo sie sich, wie so oft, um die wenigen Spielsachen heftig stritten. Ursula schickte Helene daher in die Küche hinunter, um aus dem großen Schrank mit dem ausrangierten Geschirr ein paar Töpfe, Pfannen, Teller und Löffel sowie einen Korb mit Gemüseresten hochzubringen. Während die Knaben sich gleich die zwei größten Töpfe schnappten, um mit den Löffeln heftig auf ihnen herumzutrommeln, stürzten sich die Mädchen mit Begeisterung auf die restlichen Sachen und fingen an, das Gemüse zu zerkleinern, in den Töpfen herumzurühren und Fantasiegerichte zuzubereiten. Auch die kleine Roswitha war mit Herzenslust bei der Sache. Ursula näherte sich der Kleinen und fragte: „Was kochst du denn gerade, Roswitha?"

Das Mädchen strahlte über das ganze Gesicht. „Heute gibt es keinen ollen Brei, Tante Ursula. Ich mache feines Gemüse mit Kartoffeln und einem Würstchen."

„Aha, aber du hast doch überhaupt kein Würstchen, mein Kind."

„Natürlich, das siehst du doch", erwiderte Roswitha, griff in den Topf und nahm eine halbe Karotte heraus. „Hier, das ist eine Rotwurst."

„Eine Rotwurst, du meinst wohl eine Rostwurst?"

„Meinetwegen, dann halt eine Rostwurst", gab ihr die Kleine zur Antwort und hielt ihr die Karotte entgegen. „Magst du mal probieren?"

Ursula verkniff sich ein Lächeln. „Danke, mein Kind, aber ich glaube, deine Wurst musst du noch ein bisschen länger in der Pfanne braten. Warte, ich gebe dir eine", sagte sie und reichte dem Kind eine kleine Pfanne.

„Ja, das mache ich, und wie lange?"

„Ein paar Minuten auf jeden Fall, damit sie auch schön durchgebraten wird, Roswitha."

„Nein, nein, Tante Ursula, das ist bestimmt viel zu wenig. Ich glaube, dass meine Wurst noch viel länger braten muss. Mindestens noch so lange, bis wir ins Bett müssen."

„Wie du meinst, Roswitha, du bist schließlich die Köchin. Dann koche mal schön weiter, denn ich muss mich jetzt auch ein bisschen um die anderen Kinder kümmern. Nachher komme ich wieder bei dir vorbei. Einverstanden?"

„Na gut", seufzte die Kleine und rührte, ohne den Kopf zu heben, unbeirrt weiter im Topf. „Ich rufe dich dann, wenn das Essen fertig ist."

Als die Kinder gegen Abend zu Bett gebracht wurden, räumten Helene und Ursula im Aufenthaltsraum noch etwas auf. Dann verschwand auch Helene in ihrer kleinen Schlafkammer unterm Dach und Ursula machte sich auf den Weg nach Hause. Die Beschäftigung mit den Kindern hatte ihr großen Spaß gemacht, war aber auch ziemlich anstrengend. Sie war müde und würde bald schlafen gehen. Aber zuerst wollte sie noch im Schlafzimmer oben nachsehen, was sie den Kindern eventuell an Spielsachen ins Waisenhaus mitbringen könnte. In dem alten Lederkoffer, der neben dem Schlafzimmerschrank stand, mussten doch eigentlich noch ein paar Spielsachen sein, die Norbert und sie ihrer Nichte Monika geschenkt und zum Teil sogar selbst gebastelt hatten. Monika war früher oft bei ihr, wenn Norbert unterwegs war und sie etwas Zeit hatte, um sich um sie zu kümmern. Tatsächlich, im Koffer befanden sich noch Bauklötze, ein paar illustrierte Bücher und auch drei Puppen aus ihrer Kinderzeit. Lauter Sachen, mit denen Monika ohnehin nicht mehr spielte, die aber viel zu schade waren, um sie einfach wegzuwerfen. Sie entschloss sich, den Kindern im Waisenhaus nach und nach etwas davon mitzubringen und ging nach unten in die Küche, um ihre große Handtasche zu holen, die ihr Norbert zur Silbernen Hochzeit geschenkt hatte, etwa ein Jahr, bevor er starb. Die schwarze Ledertasche stellte deshalb einen besonderen Wert für sie dar. Sie hatte die Tasche immer dabei, wenn sie unterwegs war, auch weil sich viel in ihr verstauen ließ. Als sie den Verschluss der Tasche öffnete, fiel ihr gleich der Briefumschlag auf, der in einer der Innentaschen steckte. *Für Ursula* war auf dem Kuvert zu lesen, weiter nichts, kein Absender und auch keine Briefmarke. Ein kurzer Blick genügte ihr, um Norberts Handschrift zu erkennen. Sie spürte, wie ihr das Blut plötzlich in den Kopf schoss. Schwindelgefühle überkamen sie. Zitternd setzte sie sich auf Norberts Bett und kramte mit fahrigen Bewegungen ihre Brille aus der Handtasche. Kein Zweifel, es war ein Brief von Norbert, obwohl der doch schon seit Monaten tot im Grab lag. Tränen schossen ihr in die Augen. *Wo kommt dieser Brief denn so plötzlich her?*, dachte sie. *Er kann unmöglich so lange unbemerkt in meiner Handtasche gewesen sein. Außerdem, warum sollte mir Norbert noch zu Lebzeiten einen Brief geschrieben haben?* Ihr Herz raste vor Aufregung, als sie zu lesen begann.

Liebe Ursula,

obwohl ich insgeheim gehofft hatte, dass ich die schwere Operation überstehen würde, hat der liebe Gott es doch anders entschieden. Ich hatte von Anfang an ein ungutes Gefühl, aber die Schmerzen in meinem Rücken sind im Laufe der Jahre halt immer schlimmer geworden, sodass mir einfach keine andere Wahl blieb, als mich operieren zu lassen, um meine Arbeit als Kraftfahrer nicht zu verlieren. In der Firma hatten sie mir zwar eine Stelle im Lager angeboten, aber ich hätte dann den ganzen Tag schwere Lasten heben müssen. Das hätte mein kaputtes Kreuz bestimmt auch nicht lange mitgemacht. Außerdem hätte ich dann ein gutes Stück weniger Geld verdient, zu wenig jedenfalls, um meinen Verpflichtungen nachkommen zu können. Doch jetzt, wo ich nicht mehr da bin, musst du leider mit noch viel weniger Geld auskommen. Aber ich hoffe, dass Karl und Helga dich wenigstens ein bisschen unterstützen können. Karl hat es mir vor der Operation fest versprochen. Er ist mein Bruder und ich weiß, dass man sich auf ihn verlassen kann. Scheue dich also nicht, ihn zu fragen, wenn du Hilfe brauchst. Ich hoffe, dass du auch ohne mich ein schönes und glückliches Leben weiterführen kannst. Sei bitte nicht zu traurig. Die Zeit heilt bekanntlich alle Wunden. Ich möchte dir mit diesem Brief noch einmal sagen, wie sehr ich dich liebe. Es gibt allerdings noch etwas anderes, was du erfahren musst, etwas, was mich die letzten Jahre sehr bedrückt und belastet hat. Doch davon mehr im nächsten Brief.

In Liebe
Norbert

Ursula war wie versteinert. Das Herz schlug ihr bis zum Hals. Sie konnte es einfach nicht glauben, dass der Brief, den sie gerade gelesen hatte, tatsächlich eine Nachricht von ihrem verstorbenen Mann sein sollte. *Das gibt es doch gar nicht. Bin ich jetzt etwa verrückt geworden?,* dachte sie, schüttelte den Kopf und las den Brief erneut, immer wieder, bis ihr die Augen vor Müdigkeit zufielen und sie erschöpft auf Norberts Bett einschlief. Mitten in der Nacht wachte sie auf. Das Licht im Schlafzimmer brannte noch. Sie musste dringend hinunter auf das Toilettenhäuschen, das direkt neben dem Haus im Vorgarten stand. Sie fühlte sich hundeelend. *Du hast das alles sicher nur geträumt,* dachte sie sich, doch ein Blick auf den Brief, der neben ihr auf dem Bett lag, gab ihr die Gewissheit, dass es doch kein Traum war. Nur mühsam gelang es ihr, sich eine Wollweste überzuziehen und die Treppe hinunterzugehen. Aus der Schublade des Küchenschranks nahm sie die Taschenlampe und ging hinaus zur Toilette, wo sie sich übergeben musste. Sie war wie erschlagen und ging gleich wieder ins Bett, diesmal jedoch in ihre eigenes, das nun im Vorraum zum Schlafzimmer stand. Zum Glück hatte sie diese Woche Spätdienst und musste erst am späten Vormittag wieder im Waisenhaus sein. Sie musste unbedingt mit jemand über den Brief reden, bevor sie wieder zur Arbeit ging und würde daher am Vormittag zuerst bei Helga und

Karl vorbeigehen, der zum Glück auch erst zur Mittagschicht einfahren musste. Genügend Zeit also, um mit ihnen über diesen geheimnisvollen Brief zu sprechen. Ob es tatsächlich ein Brief von Norbert war, ein Brief aus dem Jenseits? *Vielleicht findet sich ja doch noch eine andere Erklärung dafür*, dachte sie und zog sich die Bettdecke halb über den Kopf, nicht nur der Kälte wegen. Ein paar Minuten später war sie eingeschlafen.

Kapitel 7: Unlösbares Rätsel

Am nächsten Morgen konnte Ursula es kaum erwarten, mit dem Brief zu Helga und Karl nebenan zu gehen. Trotzdem wartete sie so lange damit, bis die Nachrichten um neun Uhr im Radio vorbei waren, weil sie wusste, dass Karl dabei nur ungern gestört wurde. Auch sie machte jeden Morgen gleich nach dem Aufstehen das Radio an. Das Röhrengerät mit dem dunkelbraunen Gehäuse aus lackiertem Holz hatte Karl bei einer seiner längeren Touren ins Reich gut versteckt im Lastwagen über die Grenze ins Saargebiet geschmuggelt. Es war sein ganzer Stolz, auch wenn es kein fabrikneues Gerät war. Zwei goldfarbene Zierstreifen über und unter der beigefarbenen Stoffbespannung gaben ihm ein schmuckes Aussehen, wie sie fand. Auch die Wahltasten für die verschiedenen Sender waren noch nicht so vergilbt wie bei dem wesentlich älteren Gerät ihres Schwagers. Norbert hatte früher oft stundenlang am Wahlschalter für die Einstellung der Rundfunksender gedreht, die auf der beleuchteten Skala angezeigt wurden. Doch kaum hatte er mal einen halbwegs störungsfreien Empfang mit schönen Schlagern, kurbelte er schon wieder weiter, auf der Suche nach ausländischen Sendern. Selbst wenn er nicht verstehen konnte, was da gerade gesprochen oder gesungen wurde, freute er sich wie ein kleines Kind, wenn etwas in französischer oder englischer Sprache, untermalt von heftigem Krachen oder anderen Störgeräuschen, aus dem Lautsprecher ertönte. Das Hörspiel am Samstagabend ließen sie sich nie entgehen. Norbert saß dann mit einer Flasche Bier und der obligatorischen Zigarre auf einem Stuhl vor der Kommode, auf der das Radio stand, um ständig den eingestellten Sender am magischen Auge nachzujustieren, während sie es sich im Korbsessel gemütlich machte. Auf dem kleinen Nierentisch vor ihr lagen griffbereit immer Strickzeug, ein paar Liebesromane und ein Rätselheft. Hinterher diskutierten sie dann noch eine Weile über den Ausgang des Krimis. Sie lag meist mit ihrer Prognose, wer denn der Mörder gewesen sein könnte, daneben, während Norbert eine erstaunlich hohe Trefferquote für sich verbuchen konnte, worüber er sich diebisch freute, nicht ohne zu erwähnen, dass sein Traumberuf eigentlich schon immer Kriminalkommissar gewesen sei. *Aber leider hat es bei mir nur zum Fernfahrer gereicht,* hatte er dann mitleiderregend geseufzt, nur um sich von ihr dann gebührend trösten zu lassen. Es war eine wunderschöne Zeit mit ihm. Aber jetzt bereitete ihr dieser merkwürdige Brief, der sie erst Monate nach seinem Tod erreicht hatte, starkes Kopfzerbrechen. War er tatsächlich echt, und wer hatte ihn in ihre Tasche gesteckt? *Genau dafür bräuchte ich jetzt jemand mit deinem kriminalistischen Spürsinn, Norbert,* murmelte sie, nahm den Brief und ging zu Helga und Karl rüber. Während ihre Schwägerin am Bügeln war, saß Karl am Küchentisch und las die Zeitung.

„Das ist aber eine Überraschung, so früh am Morgen", sagte Helga. „Es ist noch etwas Kaffee in der Kanne. Magst du eine Tasse?"

„Gerne", erwiderte Ursula, setzte sich Karl gegenüber und schob ihm den Brief über den Küchentisch zu.

Karl sah sie fragend an. „Und was soll ich damit, Ursula?“

„Lies ihn bitte.“

Karl musterte kurz das Kuvert und sagte: „Der ist doch von Norbert und an dich adressiert. Warum soll ich ihn denn lesen?“

„Bist du dir sicher, dass er von Norbert ist?“

„Na hör mal, ich werde doch die Handschrift meines Bruders erkennen. Schließlich sind wir ein paar Jahre zusammen zur Schule gegangen, obwohl er zwei Jahre älter als ich war.“ Karl grinste und fuhr fort: „Und in der Bergmannsberufsschule habe ich so manche alte Hausarbeit von Norbert abgekupfert und nochmals abgegeben, natürlich nur diejenigen, bei denen er auch eine gute Note bekommen hatte. Norbert ist aber schon zwei Jahre nach der Lehre auf Berufskraftfahrer umgestiegen, kurz nachdem er bei der freiwilligen Feuerwehr einen Führerschein für den Lastwagen gemacht hatte. Von wann ist denn der Brief?“

Ursula zuckte mit den Schultern. „Keine Ahnung, ich habe ihn erst seit gestern. Er trägt kein Datum.“

„Aber wo kommt der denn jetzt auf einmal her?“, fragte Helga. „Hast du ihn beim Aufräumen gefunden?“

„Nein, er lag in meiner Handtasche, aber erst seit gestern. Lest ihn erst mal, bevor wir weiterreden.“

Karl setzte sich die Brille auf und las den Brief laut vor. Eine Weile herrschte betretenes Schweigen.

Ursula räusperte sich. „Bist du dir auch wirklich ganz sicher, dass es Norberts Handschrift ist?“

„Hundert Prozent, daran gibt es nichts zu zweifeln. Aber ich frage mich bloß, wann er das geschrieben hat. Vielleicht kurz vor seinem Tod? Aber so wie der Brief formuliert ist ...“, Karl schwieg und zuckte mit den Schultern.

„Sieht aber so aus, als wäre er erst nach Norberts Tod geschrieben worden", sagte Helga. „Aber das gibt es doch gar nicht. Schließlich kann ein Toter keine Briefe mehr schreiben."

Ursula starrte aus dem Fenster. „Nein, aus dem Sarg sicherlich nicht, aber vielleicht aus … na ja, aus dem Jenseits halt."

Karl räusperte sich. „Nun bleibt aber mal auf dem Teppich, ihr beiden. Vielleicht hat sich ja bloß jemand einen Scherz erlauben wollen oder das Ganze klärt sich sonst irgendwie auf."

„Das wäre aber ein schlechter Scherz, Karl, ein sehr schlechter sogar", erwiderte Helga.

Ursula schüttelte den Kopf. „Ich wüsste auch nicht, wer so etwas tun sollte. Vor allem, warum? Norberts Handschrift kennen nur wir. Niemand außer uns kennt die Details, die in dem Brief stehen."

„Du hast ja Recht", brummte Karl. „Ich schlage vor, wir behandeln diese Angelegenheit fürs Erste vertraulich und halten in nächster Zeit mal unsere Augen und Ohren offen. Schließlich wurde ja noch ein weiterer Brief von ihm angekündigt. Vielleicht ertappen wir ja den geheimnisvollen Briefschreiber auf frischer Tat. Allerdings ...", Karl schwieg für ein paar Sekunden und fuhr dann mit einem Grinsen auf den Lippen fort, „allerdings dürfte das sehr schwer werden, wenn es tatsächlich Norberts Geist sein sollte, denn Geister sind bekanntlich unsichtbar. Aber ich glaube weder an sie noch an eine Geisterpost aus dem Jenseits."

„Ich ja auch nicht, Karl", sagte Ursula und blickte ihn mit traurigen Augen an. Dann drehte sie sich auf dem Absatz um und verließ die beiden wortlos.

Karl fühlte sich wie vor den Kopf gestoßen und sah Helga betreten an. „Das tut mir jetzt leid, ich wollte mit meiner

Bemerkung doch nur die Situation ein kleines bisschen entkrampfen."

„Und das ist dir auch meisterhaft gelungen, mein Lieber", erwiderte Helga.

Kapitel 8: Heiligabend

Weihnachten stand vor der Tür. Alle Kinder im Waisenhaus wurden in die Vorbereitungen für das Fest mit eingebunden. Während die größeren Heimkinder Adventskränze, Weihnachtsschmuck und Krippenfiguren für die große Krippe bastelten, die jedes Jahr in der großen Eingangshalle aufgestellt wurde, durften die kleineren Kinder Strohsterne flechten, Bilder malen und Figuren aus buntem Weihnachtspapier ausschneiden, die an die Fenster geklebt wurden. Die Bescherung am heiligen Abend würde sich wie jedes Jahr für die vielen Kinder im Waisenhaus auf relativ bescheidene Geschenke mit ein paar Plätzchen, Äpfeln und Nüssen beschränken. Viele hofften darauf, nach der Bescherung von ihren Verwandten, die sich ansonsten oft das ganze Jahr über kaum blicken ließen, abgeholt zu werden und die restlichen Weihnachtstage bei ihnen zu verbringen. Doch längst nicht für alle ging dieser Wunsch in Erfüllung, zumal ein Teil der Kinder ohnehin keine Verwandten mehr hatte oder weil jede Verbindung zu ihnen abgebrochen war. Auch die kleine Roswitha hatte niemanden. Willenbach hieß sie mit Nachnamen, wie Ursula von Schwester Rutharda erfahren hatte. Sie sei ein uneheliches Kind, dessen Vater schon vor ihrer Geburt auf Grube König unter Tage tödlich verunglückt sei. Ihre Mutter habe man entmündigt und in eine Anstalt gesteckt. Wo ihre beiden anderen Kinder, jedes von einem anderen Mann, geblieben waren, wisse niemand im Waisenhaus.

Der Bereitschaftsdienst im Waisenhaus über die Feiertage war beim Personal wenig beliebt. Die meisten wollten das Weihnachtsfest am liebsten zu Hause in der Familie verbringen. Ursula hatte sich daher freiwillig dazu bereit erklärt, den Dienst vom Heiligen Abend bis zum Nachmittag des ersten Weihnachtstages zu übernehmen, Helene mit eingeschlossen. Sie verband diese Bereitschaft mit der Bitte, Roswitha und Helene im Anschluss daran mit zu sich nach Hause nehmen und über Nacht bei sich schlafen lassen zu dürfen. Die Oberin hatte nichts dagegen.

„Für das Bereitschaftspersonal steht übrigens ein kleiner Raum mit Feldbetten zur Verfügung, in denen Helene und Sie sich über Nacht abwechselnd wenigstens mal für ein paar Stunden ausruhen können. Ich schlage vor, dass Sie Roswitha am Heiligen Abend auch schon dort schlafen lassen, um zu sehen, wie das Kind auf eine Veränderung reagiert und wie Sie mit ihr über Nacht klarkommen, denn falls es Probleme geben sollte, müssten wir das Mädchen natürlich in seiner gewohnten Umgebung lassen. Wollen wir das mal so versuchen, Frau Wagner?“

„Nichts lieber als das, Schwester Rutharda“, erwiderte Ursula, „ich sage der Kleinen gleich Bescheid, damit sie sich schon mal darauf einstellen kann.“

Vor der Bescherung fand in der Hauskapelle eine Christmette für die Heimbewohner und Besucher statt. Dafür hatten die größeren Heimkinder mit dem Personal zusätzliche Sitzbänke aufgestellt. Nach der Mette verließen die Gäste mit einem Teil der Heimkinder das Waisenhaus. Ursula und Helene gingen mit den Kleinkindern, von denen etwa die Hälfte im Waisenhaus zurückblieben, in den Tagesraum, in dem ein geschmückter Tannenbaum aufgestellt war, unter dem für jedes Kind ein Weihnachtsgeschenk lag. Ursula hatte extra für die Kleinen noch eine Weihnachtsfeier vorbereitet. Sie sang mit ihnen ein paar Weihnachtslieder und las ihnen ein Gedicht vor. Dann rief sie die Kinder nacheinander zu sich an den Tannenbaum, wo ihnen Helene ihr Geschenk überreichte. Ursula hatte in ihrer Freizeit einige Firmen, Geschäfte und Privatleute abgeklappert und um eine Spende für die kleineren Waisenkinder gebeten. Von dem Geld hatte sie im Spielwarengeschäft am Hüttenberg ein paar Puppen, Spielzeugautos, Bilder- und Malbücher und bei Frau Schneider noch eine große Tüte mit Schaumbonbons gekauft, sodass jedes Kind neben dem traditionellen Geschenk des Waisenhauses auch ein kleines Spielzeug und ein paar Bonbons erhielt. Die Freude der Kinder kannte fast keine Grenzen. Jubelnd stürzten sie sich auf ihre Geschenke und verwandelten den Aufenthaltsraum im Nu in eine richtige Spielzeuglandschaft. Für Helene hatte Ursula einen großen Malblock und ein paar Buntstifte gekauft. Sie hatte mitbekommen, dass Helene in jeder freien Minute mit einem Blatt Papier und Bleistift bewaffnet etwas auf einen vergilbten alten Schreibblock zeichnete, wunderschöne und beeindruckende Fantasielandschaften und Gestalten, die sie völlig in sich versunken auf Papier zu zaubern vermochte. *Sie hat wirklich Talent, das man eigentlich ein bisschen fördern müsste,* hatte sie sich gedacht, als sie ihr zum ersten mal zugesehen hatte. „Wo ist denn das und wer sind die Leute, die du da gemalt hast, Helene?", hatte sie damals gefragt.

Helene hatte nur geistesabwesend mit den Schultern gezuckt und ihr erwidert: „Weiß nicht, wo das ist und wer das ist, aber ich kann es sehen, wenn ich irgendwo alleine bin, am besten in meiner Kammer oben."

„Aha, und wie funktioniert das, Helene?"

Wieder nur ein Schulterzucken. „Ich werde halt müde, und wenn ich die Augen schließe, dann kann ich durch diese Landschaften wandern und sehe diese Gestalten. Und sie unterhalten sich auch mit mir. Alle sind lieb zu mir, nicht so wie manche hier im Heim, die mich beschimpfen oder auslachen, wenn ich es ihnen erzähle. Dort ist es wirklich wunderschön, Ursula. Am liebsten möchte ich für immer dort bleiben, aber das darf ich nicht, haben sie mir gesagt. Jetzt noch nicht. Lachst du jetzt auch über mich, Ursula?"

„Nein, Helene, ganz bestimmt nicht, wir beide sind doch gute Freundinnen, die immer zusammenhalten und sich nicht beschimpfen oder auslachen." Sie hatte mit dieser Bemerkung ein Strahlen in Helenes Gesicht gezaubert.

„Gute Freundinnen? Oh ja, ich hatte noch nie eine richtige Freundin", erwiderte sie und gab Ursula einen Kuss auf die Wange. „Du bist lieb, fast so lieb wie meine Freunde aus der anderen Welt."

Ursula verkniff sich ein Lächeln. Aus der anderen Welt, hatte sie gesagt. *Sie leidet offenbar tatsächlich unter Halluzinationen*, dachte sie sich. Insgeheim beneidete sie Helene sogar ein bisschen um ihre geheimnisvolle andere Welt, zu der sie selbst keinen Zugang hatte. Den Malblock würde sie Helene aber erst bei sich zu Hause schenken. Auch für die kleine Roswitha hatte sie sich noch ein besonderes Geschenk ausgedacht.

Kapitel 9: Feiertage im Häuschen

Die Nacht zum ersten Weihnachtsfeiertag verlief sehr ruhig. Ursula hatte alle Kinder am Heiligen Abend viel länger als sonst aufbleiben und spielen lassen, sodass sie spät abends todmüde in ihre Betten fielen. Auch Roswitha hatte tief und fest im Bereitschaftsraum geschlafen. Am frühen Nachmittag verließen Ursula, Helene und die Kleine das Waisenhaus in Richtung Brunnenweg. In der Nacht hatte es heftig geschneit. Alle Hausdächer, Straßen und Bürgersteige sahen aus, als wären sie in dicke Watte verpackt worden. Obwohl es sehr kalt war, lachte ihnen ein strahlend blauer Himmel entgegen. Die vom Schnee reflektierten Sonnenstrahlen stachen ihnen förmlich in die Augen, sodass Ursula unwillkürlich blinzeln musste. Es war windstill draußen. Die dunklen Rauchfahnen aus den Schornsteinen der Häuser stiegen fast senkrecht nach oben. Der ewige Lärm des Eisenwerks tief unten in der Stadt war hier oben zum Glück kaum zu hören, doch dafür hatte eine riesige Dunstglocke aus Rauch, Ruß und Staub den Himmel in Richtung Norden in einem hässlichen Farbmix verfärbt. Die Straßen waren voller Menschen, die das herrliche Wetter für einen Spaziergang durch den Schnee ausnutzten. Lärmende Kinder bauten Schneemänner, fuhren die Straße auf dem Schlitten bis zum Heusnersweiher hinunter oder trugen Schneeballschlachten aus, von denen auch die Drei aus dem Waisenhaus im Vorbeigehen nicht verschont blieben, sehr zur Freude von Roswitha, die sich vor Lachen schüttelte, wenn Ursula oder Helene von einem verirrten Schnellball getroffen wurden. Am Heusnersweiher bogen sie rechts ab in Richtung Krebsberg, wo die Kinder mit ihren Schlitten in einem Höllentempo über den holprigen steilen Hang von der Fernstraße hinuntersausten.

Roswitha schaute dem Treiben eine ganze Weile fasziniert zu und sagte dann: „Das möchte ich auch gerne mal machen, Tante Ursula." Sie klatschte dabei vor Begeisterung in die Hände.

Ursula nickte. „Warum eigentlich nicht? Wir haben zu Hause noch einen alten Schlitten im Keller stehen. Den müsste ich mir mal anschauen. Wahrscheinlich sind die Kufen angerostet, aber mit etwas Schleifpapier und einer Speckschwarte kriegen wir die sicher noch mal blank und glatt. Doch heute ist es dafür schon zu spät, denn es wird bald dunkel. Aber wenn du magst, können wir ja gleich morgen früh mal eine Schlittenfahrt wagen."

„Au ja, Tante. Geht es nicht doch noch heute?"

Ursula musste lachen. „Nein, Roswitha, das schaffen wir heute wirklich nicht mehr, aber wenn du magst, können wir nachher noch vor unserem Häuschen einen Schneemann bauen."

„Einen Schneemann? Oh ja, das ist gut, dann müssen wir uns aber jetzt beeilen. Ist es noch weit bis dorthin?"

„Nein, wir müssen nur noch hier auf der anderen Seite ein kleines Stück den Hang hoch. In ein paar Minuten sind wir dort."

Als Ursula die Haustür aufsperrte, schlug ihnen aus der Küche der Geruch von kaltem Rauch entgegen. Der Ofen in der Küche, der einzige in dem kleinen Haus, war während Ursulas langer Abwesenheit ausgegangen. *Ich hätte Helga und Karl doch bitten sollen, mal nach dem Ofen zu sehen*, dachte sie sich. „So, da sind wir. Kommt rein, ihr beiden. Kannst du bitte etwas Wasser auf dem Gasherd aufsetzen, Helene, damit wir nachher alle einen heißen Tee trinken können. Das hat auch den Vorteil, dass es hier drinnen gleich schon ein bisschen warm wird. Und ich heize auch den Ofen wieder an. Dazu muss ich nur kurz die Klappe im Boden hier aufmachen und einen Eimer Kohle und etwas Holz heraufholen. So lange könnt ihr ja noch eure Mäntel anlassen, falls es euch zu kalt ist."

Knapp eine dreiviertel Stunde später wummerte der Küchenofen wieder vor sich hin und verbreitete eine mollige Wärme, die sich allmählich aus der Küche ins angrenzende Wohnzimmer und nach oben in die beiden Schlafräume unterm Dach ausdehnte. Ursula hatte im Wohnzimmer einen kleinen Fichtenbaum geschmückt, den Karl ihr besorgt hatte. Darunter lagen die beiden Geschenke für ihre Gäste, ein großer Malblock und Buntstifte für Helene und ihre alte Zelluloidpuppe für Roswitha. Für die Puppe hatte sie in den letzten Tagen ein paar Kleidchen, neue Schuhe, Strümpfe und eine kleine Handtasche selbst geschneidert. Ihre Geschenke sollten die beiden nach dem Nachtessen und einer kleinen Weihnachtsfeier erhalten. Zum Essen gab es Schweinebraten mit Rotkraut und Klößen. Sie hatte in den letzten Monaten nur selten etwas für sich gekocht, meistens nur eine Suppe oder ein einfaches Gericht. Doch heute machte ihr das Kochen wieder richtig Spaß. „Machst du bitte mal das Radio an, Helene", sagte sie und deutete mit dem Kopf in Richtung Wohnzimmer, „denn gleich nach den Nachrichten wird ein Weihnachtskonzert übertragen. Den richtigen Sender habe ich schon eingestellt. Und wenn du magst, kannst du auch schon mal den Tisch decken, denn das Essen ist gleich fertig." Beim Hauptgericht aß die Kleine nur wenig, während Helene tüchtig zulangte. Zum Nachtisch gab es zur Feier des Tages noch einen Vanillepudding mit Schlagsahne, von dem Roswitha gleich zwei Portionen aß. Über die unerwarteten Weihnachtsgeschenke freuten sich die beiden sehr. Während Helene gleich zu malen anfing, war Roswitha eifrig damit beschäftigt, ihrer Puppe immer wieder andere Kleider anzuziehen. „Darf ich die Puppe auch ins Waisenhaus mitnehmen, Tante Ursula?", fragte sie.

Ursula nickte. „Aber natürlich darfst du das, denn sie gehört dir ja jetzt."

Die Kleine schaute Ursula ein paar Sekunden nachdenklich an, dann schüttelte sie den Kopf und erwiderte: „Ach weißt du, Tante Ursula, wenn ich sie ins Waisenhaus mitnehme, dann wollen alle Mädchen dort mit ihr spielen. Und dann ist sie bestimmt bald kaputt, wie die meisten Spielsachen dort. Nein, das möchte ich nicht. Wir lassen sie doch besser hier bei dir. Du kannst mich ja manchmal wieder mit zu dir nach Hause nehmen, denn wenn ich hier bei dir bin, gehört sie mir ganz alleine und niemand kann sie mir wegnehmen."

Ursula musste laut lachen. *Die Kleine ist wirklich nicht dumm*, dachte sie sich und nickte. „Das ist eine sehr gute Idee. Ich kann ja mal Schwester Rutharda fragen, ob du ab und zu übers Wochenende bei mir bleiben darfst, und zwischendurch bringe ich die Puppe auch mal mit ins Waisenhaus, damit du sie wenigstens ab und zu mal sehen kannst. Na, was sagst du zu dem Vorschlag?"

Roswitha klatschte vor Begeisterung in die Hände. „Au ja, Tante Ursula, das ist gut, und die Schwester fragst du am besten gleich morgen, wenn wir wieder ins Heim zurück müssen."

Es war schon fast Mitternacht, als Ursula die beiden nur mit Mühe dazu bewegen konnte, endlich schlafen zu gehen. „So, ihr zwei Nachteulen, dann kommt mal mit nach oben", sagte sie. „Die Helene kann in dem Bett hier im Vorraum schlafen. Für die Roswitha haben wir neben dem Bett im Schlafzimmer ein Kinderbett aufgestellt, in dem meine Nichte Monika als kleines Kind früher geschlafen hat. Sie ist jetzt aber schon etwas zu groß dafür, aber für ein kleines Mädchen wie dich ist es genau richtig. Morgen sind wir übrigens zum Mittagessen bei Monikas Eltern eingeladen, dann werdet ihr auch den Rest meiner Familie kennenlernen. Sie wohnen gleich nebenan."

„Können wir dann morgen früh zuerst noch ein bisschen Schlitten fahren gehen? Bitte bitte, Tante Ursula."

„Natürlich, Roswitha, das machen wir. Gleich nach dem Aufstehen hole ich den Schlitten aus dem Keller hoch. So, jetzt aber schnell ins Bett mit euch."

Helene und Roswitha schliefen schon, als Ursula ins Schlafzimmer kam, nachdem sie unten noch etwas aufgeräumt hatte. Ein merkwürdiges Gefühl beschlich sie, als sie sich in Norberts Bett legte. Sie fühlte sich ihm sehr nahe, gerade so, als würde er neben ihr liegen. Die Gedanken an ihn bedrückten sie jedoch nicht mehr ganz so stark wie in den Monaten zuvor. Vielleicht auch, weil sie zum ersten Mal nicht mehr über Nacht alleine war. Auch der mysteriöse Brief geriet allmählich etwas in Vergessenheit. *Vielleicht hat er ihn ja doch noch vor seiner OP geschrieben und ich habe ihn erst später entdeckt,* dachte sie und war schon ein paar Minuten später eingeschlafen, während sie sonst oft stundenlang wach lag. Mitten in der Nacht wurde sie wach, als die kleine Roswitha schlaftrunken zu ihr ins Bett klettern wollte. Zuerst wollte sie sie wieder in ihr Bettchen zurückbringen, doch dann zog sie Roswitha einfach zu sich ins Bett und war kurz darauf mit dem Kind in ihren Armen wieder eingeschlafen. Am nächsten Morgen erinnerte Roswitha sie gleich an ihr Versprechen, mit ihr Schlitten fahren zu gehen. „Na schön, du Nervensäge, aber nicht mehr als zwei Stunden, dann gehen wir zurück und essen zu Mittag bei meiner Schwägerin", seufzte Ursula, obwohl sie sich insgeheim auch ein bisschen darauf freute, selbst mal wieder den Krebsberg mit dem Schlitten hinuntersausen zu können.

Helene fragte, ob sie zu Hause bleiben und noch etwas malen dürfe.

„Na gut Helene, dann räum dir bitte selbst den Küchentisch ab und stelle das Frühstücksgeschirr einfach ins Waschbecken", sagte sie.

Roswitha hatte einen Riesenspaß, immer wieder mit Ursula den buckligen Hang hinunterzufahren. Obwohl ihr schon nach der dritten Abfahrt alle Knochen weh taten, ließ Ursula sich nichts anmerken, um dem Kind den Spaß nicht zu verderben. Später gingen sie zu Helga und Karl essen, bevor sie nachmittags wieder ins Waisenhaus zurückkehrten, wo Ursula mit Helene den Spätdienst bis zum nächsten Morgen übernehmen musste.

„Na, hat es dir bei mir zu Hause gefallen, Roswitha?", fragte Ursula.

„Oh ja, es war wirklich wunderschön. Fragst du nachher auch Schwester Rutharda, ob ich wieder mit zu dir darf, um mit Annerose zu spielen? Du hast es mir fest versprochen."

„Ja, Kind, ich habe es auch nicht vergessen, aber wer ist denn Annerose?"

Das Mädchen sah sie kopfschüttelnd an. „So heißt doch die Puppe, die du mir geschenkt hast. Du musst aber gut auf sie aufpassen, Tante Ursula."

Sie musste unwillkürlich schmunzeln. „Na klar, das mache ich, Roswitha. Gehst du bitte ein bisschen mit den anderen Kindern spielen, denn Helene und ich müssen uns jetzt ums Abendbrot kümmern."

Kapitel 10: Neue Nachricht

Ursula war froh, als der Nachtdienst endlich zu Ende war und sie nach Hause gehen konnte. Der wöchentliche Waschtag stand auf dem Programm, wie immer mit Helga zusammen in deren Waschküche, weil sie selbst keine Waschküche hatte und weil ihnen diese Knochenarbeit zu zweit wenigstens etwas leichter fiel. Helga war schon dabei, den Waschkessel anzufeuern, in den Ursula mit Zinkeimern frisches Wasser eingoss. Es dauerte weit über eine Stunde, bis der große emaillierte Bottich über der Feuerung genügend aufgeheizt war, um die schmutzige Wäsche einzufüllen, die dann mit einem Wäschestampfer bearbeitet und mit einem hölzernen Paddel umgerührt werden musste. Eine sehr schweißtreibende Arbeit. Danach wurde die Wäsche mit einer Holzzange entnommen und in einer kleineren Zinkwanne auf einem Waschbrett mit Schmierseife kräftig geschrubbt, bis sie schließlich in einer weiteren Wanne mit klarem Wasser gespült, ausgewrungen und dann auf den quer durch die Waschküche gespannten Wäscheseilen zum Trocknen aufgehängt werden konnte. Die beiden Frauen waren erst am späten Nachmittag mit ihrer Arbeit fertig.

„So, das reicht für heute", sagte Helga und wischte sich mit dem Handrücken den Schweiß von der Stirn. „Ich lege trotzdem ein bisschen Holz nach, damit es hier unten noch ein paar Stunden warm bleibt und die Wäsche schneller trocknet. Ich denke, spätestens übermorgen können wir sie wieder abhängen. Soll ich uns noch eine Tasse Kaffee machen?"

Ursula schüttelte den Kopf. „Nein, Helga, ich habe ein Gefühl, als würde mir jeden Moment das Kreuz durchbrechen. Man merkt halt, dass ich nicht mehr die Jüngste bin. Ich muss drüben bei mir noch das Geschirr spülen und mich selbst noch ein bisschen waschen, denn ich bin jetzt völlig durchgeschwitzt."

„Wenn du willst, kannst du auch gleich hier unten in der großen Zinkwanne baden. Dann heizen wir einfach noch einmal Wasser für dich auf", schlug Helga vor.

„Nein, heute wird mir das zu spät, denn ich bin hundemüde und werde wohl auch beizeiten ins Bett gehen. Ich gehe dann mal wieder rüber ins Häuschen."

„Und ich gebe dir dann Bescheid, wenn die Wäsche trocken ist", erwiderte Helga.

Nachdem sie alles erledigt hatte, setzte sich Ursula an den Küchentisch und nahm aus ihrer Tasche zwei Scheiben Brot und etwas von dem Käse, der beim Abendessen im Waisenhaus übrig geblieben war. Als sie die Papiertüte mit dem Brot aus der Tasche zog, fiel ein Briefumschlag heraus. Von einer Sekunde auf die andere fing ihr Herz wild an zu rasen. Sie hob den Umschlag, der vor ihr auf dem Boden lag, mit zittrigen Händen auf. Kein Zweifel, es war wieder ein Brief von Norbert. Sie erkannte seine Handschrift sofort. Ein Schauer lief ihr über den Rücken, als sie den Brief zu lesen begann.

Liebe Ursula,

nun ist es schon eine Weile her, seitdem du meinen ersten Brief erhalten hast. Obwohl es mir sehr schwer fällt, muss ich dir noch etwas Wichtiges mitteilen, das mich in den letzten Jahren schwer belastet hat. Du erinnerst dich sicher noch daran, dass ich vor einigen Jahren die Firma gewechselt habe, um etwas mehr Geld zu verdienen, obwohl du dagegen warst, weil ich damit noch länger als vorher und auch öfter über Nacht wegbleiben musste. Bei einer dieser Touren hatte ich spätnachmittags auf dem Nachhauseweg eine Panne und konnte nicht mehr weiterfahren. Ich musste mir damals ein Zimmer für die Nacht in einer Gaststätte mieten, weil der Lkw in einer Werkstatt repariert werden musste. Es war um die Faschingszeit und in dem Lokal gab es abends Musik und Tanz. Im Lokal unten war es so laut, dass ich in meinem Zimmer oben nicht schlafen konnte. Ich bin daher nach unten gegangen, um noch ein Glas Bier zu trinken. Doch dabei ist es leider nicht geblieben. Irgendwann habe ich mich sogar auf die Tanzfläche gewagt, obwohl ich ein miserabler Tänzer bin, wie du weißt. Ich habe mich dabei mit einer Frau angefreundet. Zunächst war alles auch ganz harmlos, bis es dann doch passiert ist. Irgendwann ist sie mit mir nach oben in mein Zimmer gegangen. Nachher habe ich mich abgrundtief dafür geschämt, dass ich dir untreu geworden bin. Um ehrlich zu sein, es ist leider nicht bei dieser einen Nacht geblieben. Wenn ich mit dem Lkw in ihrer Nähe war, habe ich sie bei sich zu Hause besucht. Sie hat damals alleine in einem kleinen Haus gewohnt, ähnlich groß wie unser Häuschen. Ich weiß selbst nicht, warum mir das passieren konnte, aber ganz bestimmt nicht, weil ich dich nicht mehr geliebt hätte. Vielleicht, weil wir in dieser Zeit eine Krise hatten, nachdem wir wussten, dass wir keine Kinder be-kommen würden. Wir haben es beide wohl nicht so richtig verkraftet und sind uns unbewusst für eine Weile aus dem Weg gegangen. So habe ich es damals jedenfalls empfunden. Leider war ich einfach nicht stark genug, um mich mehr um dich zu kümmern, obwohl du doch gerade deswegen Trost gebraucht hättest. Stattdessen habe ich einen riesengroßen Fehler begangen, den ich leider nicht mehr rückgängig machen kann. Trotz allem warst du immer meine große Liebe, auch nachdem das passiert war. Ich hoffe sehr, dass du mir verzeihen kannst, auch wenn das bestimmt sehr schwer für dich ist. Etwas liegt mir noch sehr am Herzen, was du unbedingt noch erfahren musst. Aber du musst zuerst einmal diese Nachricht hier verarbeiten. Verzeih mir bitte, wenn du kannst.

In Liebe
Norbert

Ursula war wie versteinert. Nach Norberts Tod war für sie mit einem Schlag der letzte Rest einer ehemals heilen Welt endgültig zusammengebrochen. Sie war zu keiner Reaktion fähig und empfand einfach nichts, weder Trauer, Wut oder Hass. Sie fühlte sich nur völlig leer und ausgebrannt. Wie in Trance zog sie sich den Mantel über und verließ das Haus. Über eine Stunde irrte sie in der Dunkelheit planlos durch die Gegend, den Kopf voll wirrer Gedanken und schrecklicher Bilder. Alles war durch diesen Brief zunichte gemacht worden. Am liebsten wäre sie zu Helga und Karl gegangen, um mit ihnen zu reden, aber dann hätte sie auch das Trugbild, das die beiden von ihr und Norbert hatten, endgültig zerstört. Dieses schreckliche Geständnis von ihrem verstorbenen Mann musste sie daher wohl für sich behalten. Aber war es auch tatsächlich ein Brief von ihm? Wieder kamen Zweifel über die Echtheit dieser mysteriösen

Botschaften in ihr auf. Trotzdem ging sie nach Hause zurück, denn viel Zeit zum Schlafen blieb ihr nicht mehr. In ein paar Stunden schon musste sie wieder zum Dienst im Waisenhaus erscheinen. *Es hat alles keinen Sinn, du musst einfach damit fertig werden und dich jetzt um dein eigenes Leben kümmern*, dachte sie. Obwohl sie sich gleich ins Bett legte, fand sie in dieser Nacht keinen Schlaf mehr.

Kapitel 11: Verlustängste

Am nächsten Morgen bat Schwester Rutharda Ursula in ihr Büro. „Setzen Sie sich bitte, Frau Wagner", sagte sie, ohne den Blick von einem Schriftstück zu wenden, das vor ihr auf dem Tisch lag. „Nur noch einen Augenblick, ich bin gleich fertig." Als sie den Kopf hob, erschrak sie förmlich. „Mein Gott, wie sehen Sie denn aus? Sie sind ja kreidebleich. Ist Ihnen nicht gut?"

Ursula schüttelte den Kopf. „Nichts Schlimmes, ich habe nur letzte Nacht kaum geschlafen, Schwester Rutharda."

„Und warum, haben Sie Sorgen oder Probleme?"

Sie zögerte für einen kurzen Augenblick. „Nein, ich habe gestern Abend wohl etwas zu viel gegessen. Ich glaube, das hat mir auf den Magen geschlagen", log sie.

„Wollen Sie nach Hause gehen und sich ein wenig hinlegen?"

„Nein, das ist wirklich nicht nötig, Schwester."

„Na gut, wie Sie meinen. Ich wollte nur kurz mal nachfragen, ob alles reibungslos verlaufen ist mit Helene und Roswitha, bei Ihnen zu Hause meine ich."

„Oh ja, es hat alles prima funktioniert. Roswitha würde sehr gerne öfter mal zu mir nach Hause kommen. Ich möchte Sie daher fragen, ob ich das Kind vielleicht an den Wochenenden ..."

„Nein", wurde sie von Schwester Rutharda mitten im Satz energisch unterbrochen. „Ich kann mir schon vorstellen, dass es der Kleinen bei Ihnen gut gefallen hat. Sie haben sie wohl kräftig verwöhnt über die Tage, nicht wahr?" Sie hob den Kopf dabei und sah Ursula mit einem freundlichen Lächeln an. „Ich verkenne keineswegs Ihre gute Absicht, aber es ist einfach nicht gut, wenn einzelne Waisenkinder anderen gegenüber bevorzugt werden, denn das fördert Neid und Missgunst unter den Kindern. Ab und zu ist sicherlich nichts dagegen einzuwenden, aber nicht mehr als einmal pro Quartal, von Ausnahmen für besondere Anlässe wie an Weihnachten, an Ostern oder in den Sommerferien mal abgesehen."

Ursula nickte. „Das verstehe ich zwar, aber schade ist es trotzdem." Ein Gedanke schoss ihr plötzlich durch den Kopf. „Glauben Sie, dass es vielleicht möglich wäre, wenn ich das Kind ...", sie zögerte für einen kurzen Moment und fuhr dann fort, „ich meine, könnte ich das Kind nicht für immer bei mir aufnehmen?"

„Meinen Sie etwa als Pflege- oder als Adoptionskind?"

„Genau."

„Nun, darüber kann das Waisenhaus zwar nicht befinden, denn wir erfüllen den Kindern gegenüber lediglich eine Betreuungs- und Versorgungsfunktion, aber ich glaube nicht, dass das zuständige Amt dem zustimmen würde, denn Kinder werden in der Regel nur an Ehepaare mit einem guten Leumund vermittelt. Aber ich kann ja trotzdem mal den zuständigen Bearbeiter für unser Haus fragen. Er kommt übrigens morgen Vormittag mit ein paar Bewerbern für ein Pflegekind vorbei. Es geht insbesondere um die jüngeren Kinder aus Ihrem Bereich. Sorgen Sie bitte dafür, dass die Kleinen sauber sind und sich anständig benehmen, wenn ich mit Herrn Stohr und den Interessenten vorbeikomme. Ich denke, das wird so gegen neun Uhr dreißig sein."

Ursula nickte nur kurz und verließ gleich darauf das Büro. Schreckliche Gedanken schossen ihr durch den Kopf. *Was ist, wenn sich morgen jemand für die kleine Roswitha entscheidet. Gerade jetzt, nachdem ich das Kind so sehr in mein Herz geschlossen habe, und gerade jetzt, wo ich auch noch Norberts schreckliches Geständnis verkraften muss. Dieses kleine Mädchen zu verlieren, nein, das würde ich nicht verkraften.* Sie stöhnte und faltete die Hände unbewusst zum Gebet. „Bitte lieber Gott, lass die kleine Roswitha wenigstens hier bei mir im Waisenhaus", murmelte sie leise. Die Angst ließ sie den Rest des Tages nicht mehr los und verdrängte sogar die quälenden Gedanken, die sie wegen des Briefs seit dem Vorabend verfolgt hatten. Sie war froh, als der Dienst endlich vorbei war und sie nach Hause gehen konnte. Dort ließ sie ihren Tränen freien Lauf. Immer wieder las sie Norberts Brief und immer wieder spürte sie, wie sich die Angst um das Kind dennoch in den Vordergrund zu schieben begann, weil sich bereits eine bittere Enttäuschung über Norberts Verhältnis mit einer anderen Frau in ihr ausgebreitet hatte. „Du hast mich schändlich betrogen und damit tief verletzt und gedemütigt, Norbert. Das kann ich dir niemals verzeihen. Ich habe dich mit dieser Nachricht nach deinem Tod ein zweites Mal verloren", brach es aus ihr heraus. „Und deshalb werde ich mich jetzt nur noch um das kümmern, was mir lieb und wichtig ist, damit ich das nicht auch noch verliere." Dann zerriss sie den Brief und warf ihn in den Mülleimer.

Am nächsten Morgen gab es für die kleineren Kinder wieder mal Haferbrei mit ein paar Nüssen und Obststückchen zum Frühstück, dazu noch eine Scheibe Brot. Ursula wusste, wie ungern Roswitha Brei aß. Das hatte sie noch in der Nacht auf die

Idee gebracht, ihr ein paar von den Abführtropfen gegen Verstopfungen unter den Brei zu mischen. Sie hoffte, Roswitha mit diesem Akt der Verzweiflung noch rechtzeitig vor dem Eintreffen der Besucher aus dem Verkehr ziehen zu können. Doch sie brachte es einfach nicht fertig, den abwegigen Gedanken in die Tat umzusetzen und schämte sich plötzlich dafür, so etwas überhaupt in Erwägung gezogen zu haben. Doch der Zufall kam ihr zu Hilfe, denn als das Mädchen beim Anblick des Haferbreis das Gesicht verzog und sich heftig dagegen zu sträuben begann, nahm sie es kurz entschlossen auf den Arm und verließ mit ihm den Speisesaal. „Die Kleine klagt über Magenschmerzen", sagte sie der Aufsicht führenden Schwester. „Ich gehe schnell mal mit ihr zur Toilette."

Die Schwester nickte. „Sorgen Sie aber dafür, dass das Kind hinterher sauber ist. Sie wissen ja, dass nachher noch ein paar Bewerber kommen."

Nachdem sie den Saal verlassen hatten, flüsterte Ursula dem Mädchen zu: „Wir gehen jetzt hoch in den Schlafsaal und dann legst du dich ein bisschen ins Bett, bis es dir wieder besser geht."

„Aber mir geht es doch gar nicht schlecht, Tante Ursula, ich mag einfach nur keinen Brei essen. Ich möchte doch lieber mit den anderen Kindern spielen."

„Schade, denn ich habe dir heute die Annerose zum Spielen mitgebracht, Roswitha. Oben im Schlafraum könntest du in deinem Bett ganz alleine mit ihr spielen, aber wenn du unten bei den anderen Kindern bist, geht das natürlich nicht. Was ist dir denn lieber?"

Roswitha zögerte keine Sekunde. „Au ja, die Annerose, dann bring mich bitte ganz schnell hoch in mein Bett. Wo hast du sie denn?"

„Sie ist in meiner Tasche. Die holen wir jetzt und gehen dann nach oben. Du musst aber leise sein, damit niemand etwas bemerkt. Und wenn jemand in den Schlafsaal kommt, versteckst du die Annerose ganz schnell unter der Bettdecke. Du darfst aber zu keinem ein Sterbenswörtchen sagen, sonst kann ich dir die Puppe nicht mehr mitbringen."

„Großes Ehrenwort, Tante Ursula. Ist das jetzt unser Geheimnis?"

„Ja, Roswitha, das ist jetzt unser Geheimnis. So, jetzt müssen wir uns aber beeilen, damit uns nicht doch noch jemand bemerkt", erwiderte sie und brachte die Kleine nach oben.

Als Schwester Rutharda etwa eine halbe Stunde später mit den Besuchern in den Aufenthaltsraum kam, zog sie Ursula kurz beiseite. „Ich habe eben mit einem netten Ehepaar gesprochen, das keine eigenen Kinder bekommen kann. Der Mann arbeitet als Bergmann auf der Grube und die beiden haben sogar ein eigenes Haus mit Garten. Sie würden am liebsten ein Kind adoptieren, das noch nicht zur Schule geht. Ich habe da an unseren Peter oder an die Roswitha gedacht. Wo sind denn die beiden?"

„Peter sitzt gleich hier in der Ecke und spielt mit den Bauklötzen."

„Und die Roswitha?"

„Der geht es heute nicht gut. Sie hat über Bauchschmerzen geklagt und deshalb habe ich sie wieder in ihr Bettchen gelegt."

„Ist es etwas Ernstes? Hat sie Fieber?"

„Nein, nein, ich denke, dass es ihr heute Nachmittag schon wieder besser gehen wird. Ich war gerade oben bei ihr. Sie schläft jetzt."

Schwester Rutharda nickte. „Na gut, dann lassen wir sie natürlich schlafen. Vielleicht hat das Ehepaar ja auch Interesse an dem Jungen. Anderenfalls müssen sie halt noch einmal vorbeikommen."

Als Ursula abends nach Hause kam, brach sie sofort in heftige Tränen aus. Die Aufregungen über Norberts Brief und die zusätzliche Angst um den Verlust des kleinen Waisenkindes waren einfach zu viel für sie. Sie war völlig erschöpft und wollte gleich schlafen gehen. Sie musste nur noch den Mülleimer vor das Gartentor stellen, denn morgen früh würde die Müllabfuhr vorbeikommen. Wegen der vielen Asche war der Eimer diesmal besonders schwer. Es hatte wieder zu schneien begonnen und ein kalter Wind blies ihr die Schneeflocken ins Gesicht. Sie fröstelte und hatte heftige Kopfschmerzen. Daher beeilte sie sich, schnell wieder ins Warme zu kommen. Doch plötzlich fiel ihr der Brief wieder ein. Einen kurzen Moment zögerte sie, dann machte sie auf dem Absatz kehrt und ging zur Mülltonne zurück, um den zerrissenen Brief wieder herauszufischen. In der Küche wischte sie den Schmutz vom Briefpapier ab, strich es mit dem Handrücken glatt und klebte den Brief mit Klebstreifen wieder zusammen. Dann legte sie ihn zu Norberts erstem Brief in den Schrank und ging hoch ins Schlafzimmer. Völlig erschöpft war sie bereits kurz darauf eingeschlafen.

Kapitel 13: Die Erkrankung

Irgendwann am nächsten Morgen wurde sie durch lautes Klopfen an die Haustür wach.

„Schläfst du noch, Ursula?", hörte sie Helga von unten rufen.

Nur mühsam gelang es ihr, aus dem Bett zu steigen und nach unten zu gehen, um die Tür zu öffnen. Sie fühlte sich völlig zerschlagen und bekam kaum Luft.

„Du hast wohl verschlafen, Ursula, oder hast du heute frei, denn es ist schon fast neun Uhr."

„Oh Gott, nein, ich habe heute und morgen noch Frühdienst. Ich muss mich schnell anziehen und gleich ins Heim gehen."

„Das lässt du mal schön bleiben, denn du glühst ja förmlich vor Hitze", erwiderte Helga und fasste ihr an die Stirn. „Und du zitterst auch wie Espenlaub. Du hast bestimmt Fieber und deine Augen sind auch schrecklich trüb. Wahrscheinlich eine Grippe. Kein Wunder, bei dem Wetter. Setz dich erst mal an den Tisch, bis ich dir Fieber gemessen habe. Wo hast du denn dein Fieberthermometer?"

„Im Wohnzimmerschrank, in der mittleren Schublade."

Helga steckte ihr das Thermometer unter die Achselhöhle und zog es nach ein paar Minuten wieder heraus. „Oha, neununddreißigeinhalb", sagte sie, „und das schon am frühen Morgen. Du legst dich jetzt sofort wieder ins Bett. Ich mache dir erst mal einen heißen Tee und dann gehe ich anschließend gleich zu Doktor Emmerlich. Er muss unbedingt bei dir vorbeikommen und dich untersuchen. Im Waisenhaus rufe ich auch an und melde dich schon mal krank."

Ursula nickte. „Ich glaube, du hast recht. Heute schaffe ich es wirklich nicht ins Waisenhaus, aber sag denen bitte, dass ich morgen wieder zum Dienst komme."

„Den Teufel werde ich tun, liebste Schwägerin", erwiderte Helga. „So wie ich das einschätze, wirst du die nächsten Tage ganz bestimmt das Bett hüten müssen. Dr. Emmerlich wird dir mit Sicherheit einen Krankenschein ausstellen. So, jetzt aber ab ins Bett mit dir, ich bringe dir den Tee nachher hoch, wenn er fertig ist."

„Sie haben sich da aber eine Bronchitis erster Ordnung eingefangen, liebe Frau Wagner", brummte Dr. Emmerlich, nachdem er nachmittags zum Hausbesuch vorbeigekommen war. „Ich schreibe Ihnen gleich mal ein paar Medikamente auf, die Ihnen Ihre Schwägerin aus der Apotheke am Oberen Markt besorgen kann. Sie müssen viel trinken. Kommen Sie bitte heute in einer Woche vormittags in meiner Praxis vorbei, wenn Sie dazu in der Lage sein sollten. Ansonsten käme ich nachmittags wieder bei Ihnen vorbei. Ich schreibe Sie auf jeden Fall mal für zwei Wochen krank."

„Nein, bitte nicht so lange, Herr Doktor", stöhnte Ursula. „Ich kann bestimmt am Montag wieder arbeiten gehen."

Dr. Emmerlich schüttelte energisch den Kopf. „Wer ist denn hier der Arzt, Sie oder ich, Frau Wagner? Und ich als Ihr Arzt lasse Sie frühestens in zwei Wochen wieder auf die Menschheit los, damit das klar ist."

Helga, die neben ihr auf dem Bett saß, grinste den Arzt mit einem zustimmenden Nicken an. „Keine Sorge, Herr Doktor, ich werde schon dafür sorgen, dass sich meine Schwägerin an Ihre Vorgaben hält, notfalls mit Gewalt."

„Hat sich denn in letzter Zeit alles gegen mich verschworen", stöhnte Ursula, worauf sich der Arzt und ihre Schwägerin ein herzhaftes Lachen nicht verkneifen konnten.

Kapitel 14: Rückkehr

„Schön, dass Sie wieder auf dem Damm sind, Frau Wagner", begrüßte sie Schwester Rutharda, als sie zwei Wochen später ihren Dienst im Waisenhaus wieder antrat. „Wir haben Sie schon sehr vermisst, allen voran natürlich die Helene. Sie hat ständig gefragt, wann Sie wiederkommen, und wird glücklich sein, wieder mit Ihnen zusammen sein zu können. Sie kommt hier im Haus leider mit niemand sonst so gut zurecht, wie mit Ihnen, aber sie macht mir in letzter Zeit doch ernsthafte Sorgen."

„Oh Gott, was ist denn mit ihr, ist sie etwa auch krank?"

Die Schwester schüttelte fast unmerklich den Kopf. „Ja und nein, wir wissen leider nicht genau, was mit ihr los ist. Rein körperlich fehlt ihr wohl nichts, aber sie redet immer öfter wirres Zeug. Manchmal ist sie im Schlaf auch schon nachts durchs Haus gegeistert. Der Arzt hat sie untersucht und einen Psychiater hinzugezogen. Der meint, dass man sie in nächster Zeit mal in einer Nervenklinik für einige Wochen unter Aufsicht beobachten sollte. Er hat ihr eine stationäre Behandlung in der Nervenklinik in Memich verordnet, aber momentan ist dort kein Platz frei. Wir müssen halt abwarten."

Ursula nickte. „Sehr schade. Ich mag Helene sehr und werde in nächster Zeit auf jeden Fall ein besonderes Auge auf sie werfen. Wo ist sie denn?"

„Sie hilft unten in der Küche aus", erwiderte die Schwester. „Ich konnte sie ohne Sie nicht alleine bei den Kindern lassen. Ich werde der Köchin Bescheid geben, dass Helene jetzt wieder oben bei Ihnen bleiben wird."

Helene klatschte vor Begeisterung wie ein kleines Kind in die Hände, als sie nach oben kam und Ursula sah. Sie fiel ihr spontan um den Hals. „Ich freue mich so, dass du endlich wieder da bist", sagte sie.

„Ja, Helene, ich freue mich auch sehr. Na, dann lass uns mal zu den Kindern gehen", erwiderte Ursula.

Der Jubel der Kleinen über die Rückkehr ihrer Tante Ursula kannte fast keine Grenzen. Die Kinder mochten Helene und sie viel lieber als die meist übel gelaunten und herrischen Nonnen, die es kaum verstanden, ihnen Liebe oder wenigstens ein bisschen Zuneigung zu schenken. Der Tag verging wie im Flug und fast tat es Ursula ein bisschen leid, als ihr Dienst nachmittags zu Ende war und sie nach Hause ging. Sie hatte in den letzten zwei Wochen zu Hause viel über alles nachgedacht, was ihr nach Norberts Tod widerfahren war. Anfangs hatte sie sich fest geschworen, nie wieder an ihn zu denken oder an sein Grab zu gehen. Doch sie wusste insgeheim, dass sie das nicht sehr lange würde durchhalten können. Norbert hatte ihr zwar sehr weh getan mit diesen geheimnisvollen Botschaften nach seinem Tod, doch andererseits hatten sie sich zu Lebzeiten sehr gut verstanden und Norbert hatte ihr sogar in den Briefen noch bescheinigt, dass sie seine große Liebe gewesen sei. Ob sie ihm jemals verzeihen könnte, dass er sie dennoch betrogen hatte? Sie wusste es nicht, aber sie wollte sich wenigstens die schönen Erinnerungen an ihr gemeinsames Leben nicht völlig zerstören lassen. *Du darfst dir das nicht zu sehr zu Herzen nehmen, Männer sind nun mal in dieser Beziehung anders als Frauen und wollen auch gerne noch den Eroberer spielen, wenn sie verheiratet sind. Ich möchte gar nicht wissen, wie viele Männer ihre Frauen schon betrogen haben,* hatte sie sich in den Tagen im Krankenbett selbst zu trösten versucht. Jetzt, wo sie wieder regelmäßig ins Waisenhaus gehen würde, blieb ohnehin kaum Zeit, um Trübsal zu blasen. Gleich morgen würde sie sich wieder um die kleine Roswitha kümmern, die sie heute bei dem ganzen Trubel und der vielen Arbeit nach ihrer Rückkehr ins Waisenhaus überhaupt noch nicht gesehen hatte. Ein Teil der Kinder hatte heute in Begleitung von zwei Nonnen einen Ausflug in den Zoo machen dürfen. Sicherlich war auch Roswitha mit dabei. Sie würde dem Kind morgen die Annerose mit ins Heim bringen und sie im Bereitschaftszimmer wenigstens eine halbe Stunde damit spielen lassen. Sie freute sich schon auf den nächsten Tag. Doch jetzt würde sie erst einmal im Haus noch etwas aufräumen und nachher zu Helga und Karl gehen, denn die beiden hatten sie zum Abendessen eingeladen.

Kapitel 14: Traurige Botschaft

Als sie am nächsten Morgen in den Schlafsaal ging, um die Kinder zu wecken, fiel ihr gleich auf, dass in Roswithas Bett ein anderes Kind lag. Aber wo war Roswitha? Eine schreckliche Ahnung überkam sie. Sie machte auf dem Absatz kehrt, rannte hinunter ins Büro zu Schwester Rutharda und riss die Tür auf, ohne anzuklopfen, was ihr erst bewusst wurde, als es schon zu spät war.

Doch die Nonne ließ sich davon kaum aus der Ruhe bringen. „Was ist denn plötzlich in Sie gefahren, Frau Wagner, sie machen ja einen Eindruck, als wäre der Leibhaftige hinter Ihnen her." Sie kicherte selbst über ihre Bemerkung, merkte aber sofort, dass Ursula überhaupt nicht zum Lachen zumute war.

„Bitte entschuldigen Sie, dass ich einfach so bei Ihnen hereinplatze, aber ...", keuchte sie völlig außer Atem, „aber was ist denn mit Roswitha? Ich meine, sie liegt nicht in ihrem Bett. Auch gestern habe ich sie schon nicht gesehen und jetzt bin ich wirklich in großer Sorge um sie."

Der fröhliche Gesichtsausdruck der Nonne veränderte sich schlagartig. Mit ernster Miene deutete sie Ursula an, sich zu setzen. „Um es vorweg zu nehmen, Frau Wagner, Roswitha geht es gut, sehr gut sogar, denn sie hat endlich ein Zuhause gefunden. Das Ehepaar, das beim letzten Mal da war, als das Kind krank im Bett lag, war vorige Woche wieder hier. Sie haben sich auf Anhieb in das Kind verliebt und Roswitha vorerst für ein paar Monate zur Pflege zugewiesen bekommen. Herr Stohr hat mir inzwischen schon signalisiert, dass das Mädchen bei ihnen offenbar sehr gut aufgehoben ist und sich dort auch richtig wohl fühlt. Herr und Frau Stein, so heißen die Eheleute, wollen sie auf jeden Fall adoptieren, so schnell es geht, wie mir gesagt wurde."

Obwohl sich Ursula Wagner krampfhaft darum bemühte, einen Gefühlsausbruch zu vermeiden, konnte sie es nicht verhindern, dass ihr die Tränen über die Wangen liefen.

Schwester Rutharda stand auf, ging um ihren Schreibtisch herum und nahm sie in ihre Arme. „Ich glaube, ich kann sehr gut nachvollziehen, was jetzt in Ihnen vorgeht, denn mir ging es ähnlich, als ich noch selbst in der Kinderbetreuung gearbeitet habe. Bei mir war es ein kleiner Junge, den ich geliebt habe wie mein eigenes Kind. So glaube ich jedenfalls, denn ich hatte ja nie welche", schob sie nach. „Einen geliebten Menschen loslassen zu müssen, das ist eine sehr leidvolle Erfahrung, aber damit sage ich Ihnen als Witwe ja nichts Neues. Nur, in diesem Fall sollten Sie sich damit trösten, dass Roswitha großes Glück gefunden hat. Versuchen Sie folgenden Rat von mir künftig zu beherzigen. Verteilen Sie Ihre Liebe möglichst gleichmäßig auf alle Kinder, auch wenn das viel leichter gesagt als getan ist, denn die Liebe kann man nicht steuern wie ein Automobil. Trotzdem, Sie dürfen sich einfach nicht zu sehr an so ein kleines Wesen binden, es wäre den anderen gegenüber auch ungerecht. Lernen Sie, die gemeinsame Zeit mit den Kindern zu genießen und freuen Sie sich für jedes von ihnen, das unser Haus verlassen darf, um es gegen ein besseres Zuhause mit richtigen Eltern einzutauschen. So, jetzt wischen Sie sich die Tränen ab und gehen Sie bitte wieder an Ihre Arbeit. Die Kinder warten sicher schon sehnsüchtig auf Sie."

„Danke, Schwester Rutharda", erwiderte Ursula, „ich will es versuchen, so schwer es mir heute auch fällt."

Für den Rest des Arbeitstages, der doch gerade erst begonnen hatte, bereitete es ihr große Mühe, sich den Kindern gegenüber möglichst nichts anmerken zu lassen und sich mit ihnen wie gewohnt zu beschäftigen. Doch einige von ihnen schienen zu spüren, wie traurig sie war, und versuchten, sie mit einer

Umarmung, mit einem Kuss oder mit einem gemalten Bild etwas aufzumuntern. Die Herzlichkeit dieser Kinder war sehr beeindruckend und half ihr tatsächlich dabei, sie zumindest ein bisschen über den Verlust der kleinen Roswitha zu trösten. Die Puppe kam ihr plötzlich in den Sinn. Sie hätte dem Kind wenigstens zum Abschied gerne ihre Annerose mitgegeben. *Du wirst Schwester Rutharda nachher mal fragen, wo Roswitha jetzt wohnt, um ihr die Puppe vorbeizubringen*, kam ihr in den Sinn. Doch die Schwester schüttelte den Kopf, als sie sie darauf ansprach.

„Tut mir leid, das weiß ich nicht, und selbst wenn ich es wüsste, dürfte ich es Ihnen nicht sagen, Frau Wagner. Aber bringen Sie die Puppe doch einfach übermorgen mit hierher. Herr Stohr vom Amt kommt vormittags zu mir ins Büro. Ich kann ihn gerne mal fragen, ob er die Puppe für Roswitha mitnimmt, denn das Amt steht ja mit den Pflegeltern in Kontakt und macht dort auch regelmäßig Hausbesuche, so lange das Kind noch nicht adoptiert ist."

„Das ist eine gute Idee, Schwester Rutharda. Ich habe die Puppe heute zufällig dabei und bringe sie Ihnen gleich nachher, falls Sie nichts dagegen haben, weil ich übermorgen keinen Dienst habe."

„Gerne, Frau Wagner."

Kapitel 15: Nächster Brief

Es war ungewöhnlich mild draußen und dämmerte bereits, als Ursula frühmorgens das Haus verließ, um sich auf den Weg zum Waisenhaus zu machen. *Hoffentlich ist die Kälte der letzten Wochen jetzt endgültig gebrochen und der Frühling endlich im Anmarsch*, dachte sie. Aber es war erst Ende Februar, also noch etwas zu früh, um darauf zu hoffen. Doch sie sehnte sich einfach nach Licht und Wärme, nach Sonnenstrahlen, die ihren Körper und vielleicht auch ihr Herz etwas erwärmen würden. Sie liebte es, wenn der Schnee taute und die Wiesen wieder freigab, wenn die Natur allmählich zu erwachen begann und wenn sich die ersten Osterglocken ihren Weg ans Licht suchten. Sie hatte in letzter Zeit Norberts Grab nicht mehr besucht. Sie würde es richtig schön anlegen, auch wenn sie ihm den Fehltritt noch immer nicht verzeihen konnte, obwohl sie sich darum bemüht hatte. Doch davon sollte niemand etwas mitbekommen, und deshalb war es ihr besonders wichtig, das Grab nicht zu vernachlässigen. Niemand sollte einen falschen Verdacht schöpfen können, obwohl es ja eigentlich kein falscher Verdacht wäre. Noch im Verlauf dieser Woche wollte sie die Tannenzweige auf seinem Grab abräumen und vielleicht auch schon etwas Grünes einpflanzen, falls das Wetter mitspielen würde. Nach der Mittagsruhe ging sie mit den Kindern und Helene hinaus in den Spielhof, wo sich die Kleinen endlich mal wieder richtig austoben konnten. Helene machte einen merkwürdig fahrigen und abwesenden Eindruck auf sie. „Was ist denn mit dir Helene, geht es dir nicht gut?", fragte sie.

Helene sah sie nachdenklich an und zuckte mit den Schultern. „Weiß nicht, ich kriege einfach keine richtige Ruhe nachts. Immer kommen welche und stören mich beim Schlafen. Sie sind nicht böse, Ursula, aber ich habe trotzdem manchmal Angst und möchte meine Ruhe haben vor ihnen. Verstehst du das?"

„Ja, das verstehe ich, Helene, aber vielleicht träumst du das alles nur."

Helene stampfte wütend mit dem rechten Fuß auf und warf Ursula einen bösen Blick zu. „Nein, das sind keine Träume. Du glaubst es mir auch nicht, genau so wie alle anderen hier, obwohl du mir versprochen hast, mir zu glauben." Helene machte Anstalten, ins Haus zurückzulaufen, doch Ursula nahm sie in den Arm und drückte sie an sich.

„Du hast Recht, Helene, ich habe es dir versprochen. Es tut mir leid und es war ja auch nur so ein Gedanke von mir."

„Ein dummer Gedanke, Ursula", erwiderte Helene und löste sich energisch aus der Umarmung.

„Ja, das sehe ich ein. Bitte verzeih mir. Doch jetzt müssen wir uns aber wieder um die Kinder kümmern, denn einige beobachten uns schon die ganze Zeit. Ich glaube, sie mögen es nicht, wenn wir zwei uns nicht vertragen."

„Ich mag es auch nicht, Ursula", erwiderte Helene.

Als sie am späten Nachmittag das Waisenhaus verließ, ging ihr das Gespräch mit Helene nicht aus dem Kopf. War diese junge Frau vielleicht doch verrückt? Vielleicht nicht verrückt, aber geistig verwirrt? Offensichtlich. *Vielleicht ist es ja doch gut, wenn sie für eine Weile in einer psychiatrischen Klinik betreut wird, obwohl ich sie sehr vermissen werde,* dachte sie. Sie wollte sich Helene auf jeden Fall bis dahin etwas mehr widmen. Vielleicht hatte Helene ja Lust, mal mit ihr auf den Friedhof und dann mit ins Häuschen zu gehen. Schwester Rutharda hatte sicherlich nichts dagegen, denn schließlich war sie kein Kind mehr, sondern eine erwachsene junge Frau, wenn auch eine mit kindlichem Verstand. Sie kaufte sich unterwegs in der Metzgerei etwas Blut- und Leberwurst für ihr Abendbrot. Als sie die Sachen in ihrer Tasche verstauen wollte, fand sie darin einen Briefumschlag, der morgens noch nicht in der Tasche war. Ihr Herz fing heftig an zu rasen. Hastig bezahlte sie und verließ das Geschäft. War es wieder ein Brief von Norbert? Sie warf nur einen kurzen Blick auf den Umschlag. Keine Anschrift, kein Absender und auch keine Briefmarke, es konnte also nur eine Nachricht von ihm sein, die ihr von einem geheimnisvollen Unbekannten in die Tasche gelegt worden war, nun schon zum dritten Mal. Sie lief, nein, sie rannte förmlich nach Hause, um den Brief dort ungestört lesen zu können. *Mein Gott, was wird diesmal bloß wieder drin stehen,* dachte sie, *hoffentlich nicht schon wieder eine Hiobsbotschaft.* Zuhause angekommen warf sie ihren Mantel hastig über einen Küchenstuhl, setzte sich an den Tisch und öffnete den Umschlag. Ihre Hände zitterten so stark, dass sie den Brief zum Lesen auf den Tisch legen musste. Es war eindeutig Norberts Handschrift.

Liebe Ursula,

nachdem ich dir in der letzten Nachricht meine Sünden gebeichtet habe, magst du jetzt vielleicht überhaupt nichts mehr von mir wissen. Trotzdem muss ich noch etwas loswerden. Du hast dich vielleicht gefragt, warum ich nach diesem Fehltritt nicht sofort Schluss mit dieser fremden Frau gemacht habe. Das wollte ich eigentlich auch, denn ich habe, gleich nachdem es passiert war, unter schrecklichen Gewissensbissen gelitten. Bei der nächsten Tour in ihrer Gegend habe ich sie auch aufgesucht, um mit ihr Schluss zu machen. Aber es ist mir einfach nicht gelungen, weil sie mir zu verstehen gab, dass doch nichts Schlimmes daran wäre, wenn ich sie ab und zu mal besuchen würde. Auch das Verbotene begann mich immer mehr zu reizen. Ich dachte mir, dass ich jederzeit mit ihr Schluss machen könne und dass es ja nicht unbedingt sofort sein müsse. Ich schäme mich zwar dafür, aber so war es leider damals, und irgendwann habe ich überhaupt nicht mehr darüber nachgedacht, bis sie mir eines Tages eröffnet hat, dass sie ein Kind von mir erwarten würde. Ich war völlig verzweifelt, aber sie hat mich damit zu beruhigen versucht, dass sie ohnehin nicht die Absicht hätte, das Kind zur Welt zu bringen und es abtreiben lassen wolle. Sie habe deswegen schon mit einer Engelmacherin Kontakt aufgenommen. Ich bräuchte ihr nur das Geld für den Eingriff zu geben. Sie hat mich damit in einen schweren Konflikt gestürzt. Einerseits hätte ich zwar alles am liebsten ungeschehen gemacht, doch andererseits hätte ich die Tötung eines Kindes im Mutterleib niemals mit meinem Gewissen vereinbaren können. Ich habe sie dann so lange bekniet, das Kind auszutragen, bis sie schließlich darin eingewilligt hat, sofern ich die Vaterschaft anerkennen und auch für den Unterhalt des Kindes aufkommen würde. Mir blieb keine andere Wahl, als dem zuzustimmen, ohne zu wissen, woher ich das Geld dafür nehmen und wie ich dir alles beichten sollte. Nichts anderes ist mir damals durch den Kopf gegangen, bis mir eines Tages die Idee kam, die Lebensversicherung, die ich schon kurz nach unserer Hochzeit zu deinen Gunsten abgeschlossen hatte, zu kündigen und die Mutter des Kindes mit dem ausgezahlten Geld abzufinden. Zumindest für ein paar Jahre würde es reichen. Als ich ihr den Vorschlag unterbreitet habe, wollte sie gleich wissen, wie viel sie von mir bekommen würde. Da ist mir zum ersten Mal in den Sinn gekommen, dass sie mein Kind vielleicht nur des Geldes wegen austragen wollte, denn einer geregelten Arbeit ging sie nicht nach und half nur dann in der Kneipe aus, wenn sie knapp bei Kasse war. Ich habe mich dann mit der Versicherung in Verbindung gesetzt. Mittlerweile war bereits ein stattlicher Betrag auf dem Versicherungskonto aufgelaufen, selbst unter Berücksichtigung von Verlusten bei einer Kündigung des Vertrags. Als ich ihr den Betrag nannte, hat sie trotzdem nur unter der Bedingung zugestimmt, dass ich ihr gleich schon einen Teil des Geldes im Voraus aushändigen müsse, weil sie sonst den Schwangerschaftsabbruch durchführen lassen würde. Sie hat mich damit richtig erpresst, sodass mir nichts anderes übrig blieb, als die Police sofort zu kündigen, obwohl mir der Mann von der Versicherung wegen des Verlustgeschäftes dringend davon abgeraten hatte. Danach nahm das Unheil erst richtig seinen Lauf. Sie hat das Kind bei sich zu Hause entbunden. Ich bin damals mit dem Laster die Strecke

Richtung Hermeskeil jeden zweiten Tag gefahren, sodass ich immer wieder einen Abstecher zu ihr machen konnte. Ich kam zufällig kurz nach der Geburt zu ihr. Sie hatte einen gesunden Jungen zur Welt gebracht. Die Hebamme hat mir beim Weggehen eine ausgefüllte Geburtsanzeige in die Hand gedrückt, die bei der Anmeldung des Kindes im Rathaus in Walden vorgelegt werden sollte. Rosalia, so heißt die Mutter des Kindes, hat mir das aber überlassen, weil sie überhaupt nicht bei der Gemeinde angemeldet war und selbst auch keine Papiere bei sich hatte. Sie stammt ursprünglich aus Sizilien und ist als kleines Mädchen mit ihren Eltern ins Ruhrgebiet gekommen. Von dort ist sie wohl irgendwann mit ihrem damaligen Freund einfach abgehauen und in Waldendorf, einem kleinen Ortsteil von Walden, gelandet. Als ich sie gefragt habe, wie sie denn dort eigentlich die ganze Zeit ihren Lebensunterhalt und die Miete finanziert hätte, hat sie nur spöttisch gegrinst und gesagt, das gehe keinen was an, auch mich nicht. Wenn es nach ihr ginge, würde sie am liebsten ganz auf den Papierkram mit dem Kind verzichten. Ich habe ihr erklärt, dass man nicht einfach auf die Ausstellung einer Geburtsurkunde verzichten könne und bin gleich zum Gemeindeamt nach Walden gefahren. Doch es war schon spät nachmittags und der zuständige Beamte war gerade dabei, Feierabend zu machen. Er hat mich einfach wieder weggeschickt und gesagt, dass ich noch einmal wiederkommen müsse und dass er von beiden Elternteilen Personalausweise, Geburtsurkunden sowie eine Heiratsurkunde oder das Familienstammbuch brauche. Sie sind doch verheiratet, hat er mich gefragt und auf den Ehering an meiner Hand gezeigt. Ich habe nur genickt und *wollte ihm dann eigentlich die verzwickte Geschichte erzählen, aber er hat mich gleich unterbrochen. Er habe jetzt keine Zeit mehr und ohne Unterlagen könne er ohnehin nichts für mich tun. Bei Eheleuten wäre das aber relativ einfach. Nur bei unehelichen Kindern müssten noch Urkunden über den Familienstand der Mutter und eine schriftliche Anerkennung der Vaterschaft durch den leiblichen Vater mit vorgelegt werden. Unterlagen von der leiblichen Mutter hatte ich aber keine. Ich habe daher verzweifelt nach einer anderen Lösung gesucht und tatsächlich auch eine gefunden, eine sehr gewagte Lösung, um es vorweg zu nehmen, und eine illegale dazu. Ich habe mich spontan dazu entschieden, einfach dich als die leibliche Mutter des Jungen anzugeben, nicht nur der fehlenden Papiere seiner richtigen Mutter wegen, sondern weil ich damals schon geahnt habe, dass sich seine Mutter ohnehin kaum um ihn kümmern würde. Ich muss zugeben, es war eine Kurzschlussreaktion ohne Sinn und Verstand. Erst als es zu spät war, bin ich mir der Folgen so richtig bewusst geworden. Ich habe mich jedenfalls am nächsten Morgen zuerst in Neunkirchen aufs Amt geschlichen, aber nicht um den Jungen dort anzumelden, denn das wäre viel zu riskant gewesen und mit Sicherheit aufgefallen. Ich habe mir nur eine Heiratsurkunde und Geburtsurkunden von uns beiden ausstellen lassen. Dann bin ich von dort sofort zur Arbeit und mit dem Laster Richtung Walden losgefahren. Unterwegs habe ich noch eine Flasche besonders guten Wein gekauft. Die habe ich dann dem Beamten zusammen mit den Dokumenten in die Hand gedrückt und ihm gesagt, dass meine Frau und ich uns sehr freuen würden, wenn er ein Glas Wein auf das Wohl unseres Sohnes trinken würde, der rein zufällig in der Amtsgemeinde Walden zur Welt gekommen sei. Dann habe ich ihm noch meinen Ausweis vorgelegt und ihm erklärt, dass ich den meiner Frau in der Hektik leider vergessen hätte und in den nächsten Tagen damit noch einmal bei ihm vorbeikommen würde. Er hat sich sehr über den Wein gefreut und wollte mich wohl auch deswegen nicht noch ein weiteres Mal unverrichteter Dinge wegschicken. Er hat mir ein paar Geburtsurkunden für den Jungen, er heißt übrigens Christian, wie dein Vater, ausgestellt und mir gesagt, es würde ihm auch genügen, wenn ich ihm eine Kopie von deinem Personalausweis zuschicken würde. Damit Sie den weiten Weg aus Neunkirchen nicht noch einmal machen müssen, hat er gesagt und mir fast freundlich dabei auf die Schulter geklopft. Als er nach der Geburtsanzeige von einer Hebamme gefragt hat, habe ich ihm erklärt, dass wir hier in der Gegend Verwandte besucht hätten und dass das Kind völlig unerwartet ein paar Tage früher zur Welt gekommen sei. Daher wäre außer mir sonst niemand dabei gewesen und für mich sei die Entbindung wegen meiner früheren Ausbildung als Sanitäter kein großes Problem gewesen. Er hat nur anerkennend genickt und gesagt, dass in dieser Gegend ohnehin die meisten Frauen ihre Kinder ohne Mithilfe einer Hebamme entbinden würden.*

Dieser Brief wird dir vermutlich noch mehr zu schaffen machen als meine vorherigen, aber du musst es einfach erfahren, nicht nur, weil ich mit einer anderen Frau ein Kind gezeugt habe, sondern auch, weil du von Amts wegen als Mutter eines kleinen Jungen eingetragen bist, den du noch nicht einmal kennst. Ich bin an diesem Wahnsinn, den ich damals in meiner Verzweiflung

angerichtet habe, letztlich zerbrochen. Meine Angst, dass auch du daran zerbrechen könntest, ist daher schrecklich groß. Dazu plagen mich große Sorgen um den Jungen, um den ich mich jetzt nicht mehr selbst kümmern kann. Deshalb liegt mir noch eine große Bitte an dich sehr am Herzen, aber zuerst müssen sich bei dir Schmerz, Wut und Enttäuschung über all das gelegt haben, was du gerade erfahren hast. Ich wünschte, ich könnte das alles ungeschehen machen, kann dich aber leider nur noch dafür um Vergebung bitten. Rede bitte mit Helga und Karl darüber, denn alleine wirst du damit nicht zurechtkommen können. Ich bin sicher, dass sie dir beistehen werden.
Meine Liebe zu dir ist unbeschreiblich groß, auch wenn du es jetzt umso mehr bezweifeln wirst. Bitte verzeih mir, wenn du kannst.

Norbert

Minutenlang saß Ursula wie versteinert am Tisch. Sie hatte das Gefühl, als Zuschauer in einem Kino zu sitzen, in dem auf der Leinwand gerade ein unglaublich mieser Film abgespielt wurde. Doch während in einem Kino jeder Spuk irgendwann ein Ende hat, das Licht wieder angeht und man den Saal verlassen kann, hatte dieser Horrorfilm für sie gerade erst begonnen. Es würde jetzt auch kein Licht angehen und einen Ausgang würde sie auch nicht finden. Eine ganze Weile saß sie mit starrem Blick in der Küche, dann nahm sie aus der Schublade Norberts zweiten Brief und ging mit beiden Briefen zu Helga und Karl.

„Was führt dich denn so spät noch zu uns", fragte Helga. „Komm doch rein." Die beiden waren schon in Nachthemd und Schlafanzug.

„Setz dich", brummte Karl und musterte sie kritisch. „Du siehst aus, als wäre dir gerade der Boden unter den Füßen weggebrochen."

Ursula nickte. „Stimmt Karl, treffender kann man es nicht ausdrücken." Dann legte sie die beiden Briefe auf den Tisch.

„Zwei Briefe, sind die für uns?"

„Nein Karl, für mich."

„Und von wem?

„Von deinem Bruder."

Karl sah sie kopfschüttelnd an. „Schon wieder Geisterpost von Norbert? Gleich zwei Briefe auf einmal, das glaube ich jetzt nicht."

„Doch Karl, zwei Briefe von Norbert. Sie sind allerdings nacheinander gekommen. Ich habe euch nur noch nicht über den zweiten informiert, weil ...", sie stockte einen kurzen Augenblick und fuhr dann fort, „lies sie am besten vor, aber den hier zuerst", sagte sie und schob ihm Norberts zweiten Brief zu.

„Wieso ist der denn so schmutzig und zusammengeklebt?", fragte Karl.

Sie überlegte einen kurzen Moment und geriet bei ihrer Antwort vor Verlegenheit ins Stottern. „Ich, äh …, ach ja, jetzt fällt es mir wieder ein. Das muss mir irgendwie aus Versehen passiert sein", log sie.

Karl blickte sie ungläubig an. „Aus Versehen, sagst du? Na ja, ist ja auch egal, die Hauptsache ist, dass man ihn noch entziffern kann", brummte er und begann ihn vorzulesen.

Helga, die hinter ihm stand, stützte sich mit den Händen auf seinem Rücken ab und schaute ihm dabei über die Schulter, während er laut vorlas, immer wieder mal kurz unterbrach und Ursula fassungslos anstarrte. „Das … das gibt es doch gar nicht. Nein, das glaube ich einfach nicht, was zum Teufel war denn damals bloß in Norbert gefahren", stöhnte er und schob Ursula den Brief wieder zu.

Doch Ursula wehrte ab. „Nein, lies ihn bitte zu Ende, Karl, und dann gleich auch noch den anderen. Ihr beide müsst erst mal auf dem gleichen Kenntnisstand sein wie ich, bevor es überhaupt Sinn macht, sich darüber zu unterhalten."

Karl hatte es offenbar die Sprache verschlagen, denn er las jetzt stumm weiter und Helga hinter ihm las einfach mit. Schweigend wartete Ursula, bis die beiden zu Ende gelesen hatten. Erst als sie von ihnen entgeistert angestarrt wurde, kamen ihr die Tränen. Spontan drückte Helga sie an sich, während Karl sich abrupt erhob und ein paar Schritte ans Fenster ging. „Das gibt es nicht, das kann nicht sein, das glaube ich einfach nicht, nicht mein Bruder Norbert", murmelte er. Dann drehte er sich um. „Wir müssen unbedingt herausfinden, wer diese Briefe geschrieben und dir zugesteckt hat. Norbert bestimmt nicht, denn der liegt seit Monaten im Grab. Ich bin nicht gewillt zu glauben, dass er von den Toten wieder auferstanden ist und Geisterpost fabriziert. Dir spielt ganz bestimmt jemand einen ganz üblen

Streich, Ursula. Hast du vielleicht eine Ahnung, wer das sein könnte?"

Sie wischte sich die Tränen ab und schüttelte den Kopf. „Nein, niemandem, den ich kenne, wäre so eine üble Gemeinheit zuzutrauen. Es ist ja auch diesmal wieder eindeutig Norberts Handschrift, oder?"

„Ja, aber Handschriften kann man auch fälschen", brummte Karl. „Außerdem, wenn das alles stimmen würde, dann müssten sich doch irgendwo in eurem Häuschen Geburtsurkunden von dem Jungen finden lassen. Hast du auch wirklich jeden Winkel abgesucht, ich meine, als du die Versicherungspolice gesucht hast?"

„Jeden Winkel, Karl, mindestens ein Dutzend Mal."

„Habt ihr vielleicht so etwas wie ein Geheimversteck, meinetwegen hinter einem Bild oder hinter einem Schrank oder sonst wo?"

„Nein, Karl, ganz bestimmt nicht. Ich kann ja auch jetzt nicht die ganze Wohnung auf den Kopf stellen und den Fußboden aufreißen", erwiderte Ursula.

Helga nickte. „Sie hat recht, es muss eine andere Erklärung dafür geben."

Karl kratzte sich heftig am Kopf. „Vielleicht hat er ja die Briefe schon vor seinem Tod geschrieben und lässt sie dir jetzt nach und nach zukommen?"

„Das wäre eine mögliche Erklärung", stimmte ihm Helga zu. „Aber wer hat dann den Briefträger für ihn gespielt? Das müsste doch jemand sein, der von Norbert vorher über alles informiert und instruiert worden ist. Fällt dir vielleicht dazu jemand ein, Ulla?"

„Nein, und selbst wenn, dann hätte er die Briefe doch sicher erst geschrieben, wenn er gewusst hätte, dass er die OP nicht überstehen wird. Aber in den letzten Wochen vor seinem Tod war doch niemand anderes bei ihm als wir drei und Monika."

„Richtig. So kommen wir wirklich nicht weiter. Wir müssen nach einen anderen Ansatz suchen", erwiderte Karl. Offenbar hatte ihn der Ehrgeiz gepackt, diesem unbekannten Geisterboten mit kriminalistischem Spürsinn auf die Schliche zu kommen. „Wie sind denn die Briefe in deine Hände gelangt, Ursula?"

„Ich habe sie in meiner Tasche gefunden."

„Alle drei?"

„Ja, alle drei!"

„Gut, wer hat denn Zugang zu deiner Tasche, ich meine außer Helga, mir und Monika?"

„Niemand sonst, ich habe sie ja immer bei mir, selbst wenn ich ins Waisenhaus gehe."

Karl blickte auf und deutete mit dem Zeigefinger auf sie. „Ich glaube, jetzt haben wir den richtigen Ansatz gefunden. Wo hast du denn die Tasche, wenn du im Waisenhaus bist?"

„Es gibt einen Aufenthaltsraum für das Personal. Dort stehen auch Spinde, wo wir unsere Sachen verstauen können, also Mäntel, Jacken, Schirme ..."

„Und Taschen", fiel ihr Karl mit triumphierendem Blick ins Wort.

„Ja, schon, aber ..."

„Nichts aber, Ursula. Wir sind jetzt auf einer heißen Spur und müssen akribisch weiter vorgehen. Wer hat denn Zugang zu diesen Spinden? Ich meine, sind sie abgeschlossen?"

„Nein, wozu auch? Dort arbeiten wirklich nur anständige Leute. Außerdem bin ich erst relativ kurze Zeit dort und niemand kennt mich oder Norbert von früher. Und ich habe dort auch nur mit ein paar Leuten näher zu tun."

„Und mit wem, Ursula?"

„Na ja, mit den Kindern halt, mit der Schwester Oberin und mit noch zwei Nonnen, mit der Köchin und ...", mitten im Satz stockte sie urplötzlich.

„Was ist? Mit wem noch, na los, sag schon", drängte Karl.

Sie schüttelte den Kopf. „Nein, Karl, mir ist da etwas völlig Absurdes eingefallen. Es ist wirklich so abwegig, dass ich jetzt nicht darüber sprechen kann, aber ich werde dem trotzdem gleich morgen mal nachgehen."

„Das geht nicht, Ursula, du kannst uns jetzt nicht im Dunkeln tappen lassen. Nun sag schon, an wen du gedacht hast", erwiderte Helga fast flehentlich.

„Seid mir bitte nicht böse, aber es ist wirklich ein absurder Gedanke. Ich möchte daher nicht, dass ihr mich in irgendeiner Weise darin beeinflusst, was ich zu tun beabsichtige. Aber ich verspreche euch hoch und heilig, dass ich euch morgen Abend auf jeden Fall aufklären werde. So lange müsst ihr euch schon noch gedulden."

„Du willst uns nur unnötigerweise auf die Folter spannen", knurrte Karl.

„Nein, Karl, das will ich wirklich nicht. Ich kann es jetzt selbst kaum erwarten, der Sache nachzugehen. Doch es ist schon spät und wir alle müssen morgen wieder in aller Frühe raus. Ich gehe dann mal rüber schlafen, auch wenn ich wohl kein Auge zumachen werde."

„Das geschieht dir recht", knurrte Karl erneut, „und wehe, du kommst morgen Abend nicht bei uns vorbei."

Kapitel 16: An Norberts Grab

Ursula konnte den nächsten Tag kaum abwarten. Sie hatte Helene bereits am Vormittag gefragt, ob sie mit ihr nach Arbeitsende auf den Friedhof gehen und ein bisschen bei der Grabpflege helfen wolle. Helene willigte sofort ein. Sie war offenbar froh, wenigstens für ein paar Stunden der tristen Waisenhausatmosphäre entfliehen zu können. Es war zwar noch etwas kühl draußen, als sie das Haus am späten Nachmittag zusammen verließen und das kurze Stück Weg in Richtung Friedhof einschlugen, aber der Frühling hatte die winterliche Kälte zunehmend verdrängt. Ursula hatte Buchsbaum-Pflänzchen für eine Grabumrandung mitgebracht, die sie einpflanzen wollte.

„Du kannst vielleicht schon mal die Zweige vom Grab aufheben und auf den Komposthaufen gleich neben der Kapelle werfen, während ich die Pflanzlöcher ausbuddele", sagte sie zu Helene. Doch die stand wie angewurzelt neben ihr und starrte unentwegt Norberts Bild auf dem Grabstein an. „Was ist denn mit dir Helene, geht es dir nicht gut?"

Helene schüttelte den Kopf. „Nicht gut, wer ist denn das?", erwiderte sie und zeigte auf das Bild.

„Das ist Norbert, mein verstorbener Mann."

„Den kenne ich, der war bei mir, Ursula. Er ist nicht da drin", sagte sie und deutete auf den Boden vor dem Grab.

Ursulas Herz begann vor Aufregung zu rasen. Ihre Vorahnung gestern war offenbar nicht unbegründet. „Aber natürlich liegt er dort unten in einem Sarg, Helene", erwiderte sie.

Die junge Frau schüttelte heftig den Kopf. „Nein, Ursula, er war bei mir."

„Bei dir; aber was redest du denn da? Kennst du ihn etwa von früher?"

„Nein."

„Wann war er bei dir und wo war das, Helene?"

„Im Waisenhaus, in meinem Zimmer oben. Abends war er bei mir."

„Und wann?"

„Weiß nicht."

Es kostete Ursula große Mühe, sich ihre Aufregung nicht anmerken zu lassen. „Denk bitte mal nach, Helene. Kann das vielleicht gestern gewesen sein?"

„Weiß nicht, kann sein."

„Was wollte er denn bei dir? Ich meine, habt ihr euch unterhalten?"

Helene schüttelte den Kopf. „Er hat mir etwas gesagt, was ich aufschreiben soll für ihn."

„Aufschreiben? Was denn aufschreiben? Du kannst doch gar nicht schreiben, Helene."

Helene zuckte mit den Schultern. „Weiß auch nicht, aber ..."

„Was aber?"

„Er hat etwas erzählt und ich habe es aufgeschrieben, richtig aufgeschrieben, das ging einfach so Ursula. Ich weiß auch nicht, wieso."

„Und was hast du aufgeschrieben?"

„Weiß nicht, hab ich vergessen."

„Vergessen? Und was hast du dann gemacht, ich meine, nachdem du es aufgeschrieben hast?"

„Er hat gesagt, ich soll alles in einen Umschlag tun und den Umschlag heimlich in deine Tasche stecken."

Ursulas Wangen glühten vor Aufregung. Der Gedanke, der ihr im Gespräch mit Helga und Karl blitzartig durch den Kopf geschossen war, hatte sich tatsächlich bewahrheitet. Das war also des Rätsels Lösung, auch wenn damit das ganze Geheimnis noch längst nicht gelüftet war.

„Und dann?"

„Dann nichts, Ursula."

„Ich meine, was hat er dann gemacht, dieser Mann?", fragte sie, weil ihr noch immer nicht über die Lippen kommen wollte, *mein Mann* zu sagen.

Helene zuckte mit den Schultern. „Dann war er weg."

„Wie? Was meinst du mit weg? Ist er fortgegangen?"

„Nein, er war einfach weg, einfach so."

Ursula nickte. „Gut. War er nur einmal bei dir?"

„Nein."

„Und wie oft?"

Helene zuckte mit den Schultern. „Weiß nicht, Ursula, weiß nicht, weiß nicht", erwiderte sie und fing heftig an zu zittern.

Sie spürte instinktiv, dass sie Helene jetzt nicht noch weiter mit Fragen belasten dürfte. „Ist ja auch egal, Helene. Weißt du was, wir lassen jetzt hier alles bis morgen liegen und decken einfach die Zweige wieder drüber. Die paar Pflänzchen wird schon niemand wegnehmen. Morgen, während der Mittagsruhe, gehe ich kurz zum Friedhof und pflanze alles ein. Wir beide machen jetzt noch einen schönen Spaziergang zum Café Wagner. Wenn wir Glück haben, kriegen wir dort vielleicht sogar noch ein Stück Kuchen."

„Kuchen mag ich. Am liebsten Käsekuchen. Und Limo."

„Prima. Vielleicht haben wir ja Glück, mit dem Käsekuchen meine ich."

„Ist das dein Café, Ursula?"

„Nein, wie kommst du denn darauf?"

„Weil du auch Wagner heißt, Ursula."

Sie musste lachen. „Nein, Helene, das Café heißt zufällig genau so, aber ich habe damit nichts zu tun."

„Ach so." Helene schien ein bisschen enttäuscht darüber zu sein. „Schade, dann könntest du jeden Tag Kuchen essen, ohne zu bezahlen."

„Da hast du natürlich recht, Helene, aber jeden Tag Kuchen? Ich weiß nicht, ob ich das möchte."

„Aber ich, Ursula. Jeden Tag Käsekuchen."

Helene hatte Glück, es gab tatsächlich noch Käsekuchen, und dazu auch eine Limonade. Ursula trank nur eine Tasse Café, damit die Rechnung nicht zu teuer für sie werden würde. Als sie das Café wieder verließen, war die Dunkelheit bereits hereingebrochen. Der Himmel über ihnen war sternenklar. Sprühende Funken, die sich aus dem Eisenwerk tief unten in der Stadt ihren Weg in die Nacht suchten, tauchten den Himmel in ein gespenstisch schönes Licht. Helene hakte sich bei Ursula ein. Schweigend gingen sie den Weg zurück.

Ein paar Meter vor dem Eingang zum Waisenhaus blieb Helene plötzlich stehen, musterte Ursula nachdenklich von der Seite und sagte: „Dreimal."

„Was meinst du mit dreimal, Helene?"

„Dreimal war er bei mir."

„Wen meinst du?"

„Den Mann auf dem Bild. Dreimal habe ich für ihn etwas aufgeschrieben."

Ursula spürte, wie ihr ein leichter Schauer über den Rücken lief. „Ja, Helene, und du warst es sicher auch, die alle drei Briefe danach heimlich in meine Tasche gesteckt hat, nicht wahr?"

Helene nickte. „Bist du böse deswegen?"

„Nein, mein Schatz, das ist für mich die schönste Nachricht, die ich mir überhaupt vorstellen kann."

„Warum?"

„Weil ich langsam anfange zu glauben, dass du damit recht hattest, als du am Grab gesagt hast, dass er nicht da drin wäre. Im Sarg liegt sein Körper, dessen bin ich mir ganz sicher, weil ich selbst dabei war, als er eingesargt und der Sargdeckel fest verschlossen wurde, aber der Tod ist wohl doch nicht das Ende."

„Ich kann viele sehen, die andere nicht sehen können. Weiß auch nicht warum. Du spinnst, sagen sie dann immer zu mir, wenn ich es erzähle. Niemand glaubt mir, aber ich spinne nicht, Ursula. Glaubst du mir das?"

Ursula nickte und drückte Helene fest an sich. „Ja, ich glaube dir, aber jetzt musst du schnell ins Bett gehen und noch ein paar Stunden schlafen. Morgen früh klingelt der Wecker für uns beide wieder in aller Herrgottsfrühe."

„Ich bin gerne mit dir bei den Kindern, Ursula."

„Ich auch, Helene."

Es war schon fast halb zehn Uhr abends, als Ursula Karl und Helga aufsuchte, obwohl sie die Ereignisse der letzten Stunden so erschöpft hatten, dass auch sie am liebsten gleich nach Hause ins Bett gegangen wäre. Gleich nach dem ersten Anklopfen öffnete Helga ihr die Tür.

„Spät kommst du", sagte sie. Karl saß am Küchentisch und war dabei, sich eine Zigarette zu drehen.

„Ja", erwiderte Ursula, „es hat doch länger gedauert, als ich gehofft hatte. Soll ich lieber morgen Nachmittag noch einmal vorbeikommen?"

„Auf keinen Fall", brummte Karl. „Du lässt uns nicht noch eine Nacht im Dunkeln tappen. Setz dich."

„Magst du auch einen Tee?", fragte Helga.

Ursula nickte.

„Und", fragte Karl, „hast du etwas über die Briefe herausbekommen?"

„Ja, ich weiß jetzt, wer sie geschrieben und in meine Tasche gesteckt hat."

„Gott sei Dank", stöhnte Helga.

„Es war Helene, die junge Frau, mit der ich im Waisenhaus zusammenarbeite."

„Du meinst wohl diese Verrückte?", sagte Karl.

„Helene ist nicht verrückt. Sie ist hellsichtig, so sagt man wohl dazu, glaube ich."

„Hellsichtig, so ein Quatsch."

„Kein Quatsch, Karl, es gibt solche Menschen tatsächlich."

„Ja, aber die sind für mich nicht hellsichtig, sondern verrückt."

Helga kam ihr zu Hilfe. „Nun lass sie doch mal zu Wort kommen", sagte sie.

Ursula erzählte ihnen die ganze Geschichte. „Ich bin fest davon überzeugt, dass es so gewesen ist. Helene mag zwar nicht ganz normal sein, aber sie lügt grundsätzlich nicht."

„Aber hast du nicht selbst gesagt, dass sie nicht richtig lesen und schreiben kann?"

Ursula nickte. „Ja, und genau das ist für mich ein Beleg dafür, dass sie sich auch nicht selbst irgendetwas ausgedacht und niedergeschrieben hat, dazu noch in Norberts Handschrift. Es gibt nun mal Dinge zwischen Himmel und Erde, die sich ein normaler Sterblicher nicht erklären kann."

„Man darf aber auch nicht den Fehler machen, einfach alles, was man sich nicht auf Anhieb erklären kann, als überirdisch anzusehen", brummte Karl, dem es offenbar überhaupt nicht gefiel, dass Ursula diesen Geisterbriefen Glauben schenkte, die seinen Bruder so schwer belasteten.

Helga, die sich die ganze Zeit mit Kommentaren eher zurückgehalten hatte, pflichtete Ursula bei. „Es gäbe auch sonst keine vernünftige Erklärung für die Herkunft dieser Briefe, Karl. Niemand dort hat Norbert gekannt. Selbst wenn, weshalb sollte jemand derart absurde Anschuldigungen in die Welt setzen, in seiner Handschrift, die dort niemand kennen kann?"

Karl winkte ab. „Es macht absolut keinen Sinn, sich darüber zu streiten, wer die Briefe geschrieben hat. Viel wichtiger ist doch, zunächst mal in Erfahrung zu bringen, ob auch wirklich

etwas dran ist an dem, was in den Briefen steht. Aber wie?",
brummte er und kratzte sich am Kinn. „Wir werden wohl nie
dahinterkommen, wenn nicht ..."

„Wenn nicht noch, wie im dritten Brief angekündigt, ein
weiterer Brief auftauchen sollte", fiel ihm Helga ins Wort.
„Vielleicht finden sich ja auch noch irgendwo im Häuschen Unterlagen darüber. Im Brief steht ja, dass er sich Geburtsurkunden
hat ausstellen lassen, die müsste er doch irgendwo aufbewahrt
haben."

Ursula schüttelte den Kopf. „Unmöglich. Ihr wisst doch, dass
ich schon so oft nach Papieren gesucht und das ganze Häuschen
immer wieder auf den Kopf gestellt habe. Das können wir auf
jeden Fall ausschließen."

„Aber irgendwo müssen doch diese verdammten Unterlagen
sein. Hat er sie vielleicht sonst irgendwo aufgehoben? Lasst uns
mal alle Möglichkeiten in Betracht ziehen", erwiderte Karl. „Bei
uns hat er jedenfalls nie etwas deponiert, oder vielleicht doch,
Helga?"

Helga wehrte ab.

„Und andere Verwandte oder Bekannte können wir auch
ausschließen, weil er seit Jahren eigentlich immer nur mit uns
zusammen war, wenn er nicht beruflich unterwegs war", warf
Ursula ein.

Karl schlug sich plötzlich mit der flachen Hand gegen die
Stirn. „Ich glaube, ich weiß jetzt, wo wir fündig werden könnten.
Als Norbert und ich uns noch bei unseren Eltern ein Zimmer
miteinander teilen mussten, hatten wir uns ein Geheimversteck
angelegt. Unter unserem Stockbett hatten wir damals mit der

Säge klammheimlich ein kleines Stück vom Dielenboden ausgeschnitten und im Hohlraum darunter ein paar Sachen verstaut, die Mama und Papa nicht sehen sollten. Das herausgeschnittene Stück haben wir dann natürlich wieder in den Dielenboden eingelegt und mit Holzschrauben festgeschraubt, sodass man es jederzeit leicht entfernen konnte. Und ich glaube, ich habe unter Norberts Bett auch so eine Flickstelle im Boden gesehen, als wir im Schlafzimmer geräumt und dein Bett in den Vorraum gestellt hatten. Ich habe mir damals aber nichts weiter dabei gedacht. Aber jetzt ist es mir schlagartig wieder eingefallen."

Mit skeptischen Blicken musterte Helga ihren Mann. „Sag mal, was hattet ihr denn vor euren Eltern eigentlich zu verbergen, damals?"

„Ach, nichts weiter", erwiderte Karl und konnte ein leichtes Grinsen dabei nur schlecht verbergen.

„Na los, sag schon!"

Karl prustete plötzlich los. „Das ist doch schon so lange her, das habe ich völlig vergessen. Außerdem war das lange vor deiner Zeit, mein Schatz. Jetzt ist es schon zu spät dafür, aber ich komme gleich morgen Nachmittag mal bei dir vorbei, Ursula. Dann rücken wir das Bett im Schlafzimmer zur Seite und schauen uns mal die Flickstelle im Boden etwas näher an. Wer weiß, vielleicht können wir ja doch noch das Geheimnis lüften."

„Schön wäre es ja", erwiderte Ursula.

„Ich komme natürlich mit", sagte Helga.

Karl grinste: „Sie platzt förmlich vor Neugier."

Ursula nickte. „Meinetwegen, ich kann es ja selbst kaum erwarten. Also dann bis morgen."

Kapitel 17: Das Versteck

Ursula hatte von Schwester Rutharda erfahren, dass sich Helene nächsten Montag zur Untersuchung und Behandlung in der psychiatrischen Abteilung der Nervenheilanstalt in Memich einfinden sollte. „Sie wird wohl eine Weile dort bleiben müssen, um herauszufinden, was es mit ihren Erscheinungen auf sich hat und ob man vielleicht medikamentös etwas dagegen tun kann. Helene ist zwar erwachsen und volljährig, aber vom Verstand her ist sie leider nur auf der Stufe eines halbwüchsigen Kindes", sagte sie.

„Sie ist nicht dumm und sie ist auch sehr zuverlässig. Wenn ich ihr etwas erkläre, dann begreift sie es sehr schnell, nur manchmal ist sie halt etwas abwesend."

„Genau. Sie spricht leider auch mit Unsichtbaren, sodass man sie in diesem Zustand immer unter Kontrolle haben müsste. Aber das kann sich das Waisenhaus auf Dauer nicht erlauben. Ich habe all die Jahre schützend meine Hand über sie gehalten, weil ich sie ebenso mag wie Sie, Frau Wagner. Aber der Druck auf mich wird stärker. Man hat einfach Angst, dass Helene eines Tages vielleicht eine große Dummheit oder einen schweren Fehler machen könnte und dass das Heim hierfür die Verantwortung übernehmen müsste, obwohl ja bisher nie etwas passiert ist. Aber ich gehe auf die achtzig zu und spüre, wie meine Kräfte langsam nachlassen. Noch zwei Jahre vielleicht, dann will ich mich in unser Kloster zurückziehen, sofern mich der liebe Gott hier unten überhaupt noch so lange haben will. Und deshalb möchte ich, dass Helene wenigstens die Chance auf eine Heilung erhält, damit sie vielleicht doch eines Tages ganz allein auf sich aufpassen kann. Doch so lange müssen wir beide das für sie tun. Deshalb möchte ich auch, dass Sie Helene am Montag in die Klinik begleiten. Sagen Sie ihr aber bitte nicht die Wahrheit, denn das würde sie nicht verstehen und das würde ihr sicher auch Angst machen. Sagen Sie ihr einfach, sie beide müssten für das Waisenhaus in Memich etwas erledigen und würden für ein paar Tage wegbleiben. Packen Sie mit ihr am Sonntag ihren Koffer mit dem Nötigsten, Sie wissen schon. Und erzählen Sie ihr auch von der schönen Fahrt dorthin mit dem Zug und dem Bus, denn sie soll sich wenigstens darauf freuen."

Die Skepsis war Ursula deutlich anzumerken. „Ich begleite sie natürlich, wenn Sie das möchten, Schwester Rutharda, aber finden Sie das wirklich richtig, Helene so zu bel...", sie stoppte mitten im Satz.

„Belügen, das wollten Sie doch gerade sagen, nicht wahr? Sie brauchen sich nicht dafür zu schämen, denn es ist nichts anderes als eine Lüge. Wenn ich Ihnen jetzt verrate, wie oft ich schon in meinem Leben gelogen habe, dann verlieren Sie vermutlich völlig den Glauben an mich und unseren Orden. Wissen Sie, ich habe während des Krieges in einem Lazarett Schwerverletzten, denen niemand mehr helfen konnte und die oft nur noch Stunden zu leben hatten, trotzdem immer Hoffnung auf Heilung vermittelt, zumindest dann, wenn ich gemerkt habe, dass sie Angst vor dem Tod hatten. Und Angst davor hatten die meisten.

Und denen, die wussten, dass sie bald sterben würden, habe ich erzählt, dass sie sich darauf freuen sollten, weil es beim lieben Gott im Himmel wunderschön wäre und weil es dort keine Kriege, keine Angst und keine Schmerzen mehr gäbe, obwohl ich mir bei einigen von ihnen alles andere als sicher war, ob Petrus ihnen das Himmelstor auch öffnen würde. Ich habe behinderte, kranke oder missgebildete Vollwaisen, die niemand bei sich aufnehmen wollte, trotzdem Mut und Hoffnung gemacht, dass sich eines Tages doch noch Pflegeeltern für sie finden würden. Ich glaube ganz fest daran, dass man denen, die Ängste, Kummer und Sorgen haben, die verzweifelt und mutlos sind, Hoffnung auf Besserung vermitteln sollte, notfalls sogar mit Lügen." Sie schwieg und blickte ihr Gegenüber für ein paar Sekunden mit traurigen Augen an. Dann fuhr sie fort. „Vor Ihnen steht eine notorische Lügnerin in einem Nonnengewand, Frau Wagner, die sich vermutlich schon bald bei unserem Herrn da oben dafür rechtfertigen muss."

„Und ich bin mir ganz sicher, dass Ihnen ein Platz im Himmel jetzt schon sicher ist, Schwester Rutharda."

Die Schwester schmunzelte. „Ihr Wort in Gottes Ohr, aber es könnte trotzdem nichts schaden, wenn Sie irgendwann in meiner letzten Stunde für mich beten würden."

„Versprochen, Schwester, ich hoffe nur, dass das noch lange nicht der Fall sein wird. So, jetzt muss ich aber wieder zurück zu meinen Kindern."

„Tun Sie das, Frau Wagner."

Als Ursula am späten Nachmittag nach Hause kamen, standen Helga und Karl schon vor der Tür zum Häuschen.

„Du bist heute aber spät dran", brummte Karl.

„Ja, ich musste noch einen Streit zwischen zwei Jungs schlichten, die ich im Flur bei einer Keilerei erwischt hatte."

Karl hatte einen Hammer, einen Meißel und zwei Schraubendreher mitgebracht. „So, dann lasst uns gleich mal die Schatzkiste oben im Schlafzimmer heben."

„Falls es überhaupt eine dort oben gibt", erwiderte Ursula.

„Da bin ich mir ziemlich sicher, denn wenn ich etwas zu verbergen hätte, dann würde ich das auch unter dem Bett im Dielenboden tun, so wie Norbert und ich es früher gemacht haben."

„Ach so", erwiderte Helga, „na, dann werde ich morgen früh gleich mal unter deinem Bett nachschauen, wenn du auf der Arbeit bist."

„Die Mühe kannst du dir sparen, denn ich bin über jeden Zweifel erhaben."

„Vertrauen ist gut, Kontrolle ist besser", erwiderte Helga, worauf sie alle drei in schallendes Gelächter ausbrachen.

Oben im Schlafzimmer rückten sie Norberts Bett zur Seite, sodass die Flickstelle im Boden zugänglich war. Karl löste die Schrauben, mit denen das Stück Diele befestigt war, und hob es ab. Mit der rechten Hand zog er aus dem Zwischenraum unter der Diele eine schmale Zigarrenkiste hervor, deren Deckel mit Kerzenwachs versiegelt war. Mit dem Schraubendreher entfernte er das Wachs und reichte die Kiste Ursula.

„Warum gibst du sie mir denn? Mach sie doch auf, Karl", sagte sie.

„Nein, denn das ist deine Angelegenheit. Wenn du dabei alleine sein willst, dann brauchst du uns das nur zu sagen."

„Du bist wohl verrückt. Norbert war dein Bruder. Ich habe doch keine Geheimnisse vor euch. Ganz im Gegenteil, ich bin heilfroh, dass ihr mir gerade jetzt so zur Seite steht."

„Das ist doch selbstverständlich" erwiderte Helga. „Aber nun mach sie schon auf, vielleicht sind ja auch nur ein paar vergammelte Zigarren drin."

Ursula öffnete den Deckel und warf einen kurzen Blick hinein. Sie hob den Kopf und wurde von einer Sekunde auf die andere kreidebleich. Die Kiste fiel ihr aus der Hand und der Inhalt entleerte sich auf den Boden. Vor ihnen lagen ein blauer Schnuller, eine abgeschnittene Locke Kinderhaar in einem durchsichtigen Tütchen, eine kleine Kette mit einem Kreuz als Anhänger und ein relativ dicker Briefumschlag, den Ursula mit zitternden Händen öffnete. Darin ein paar Fotos, einige Papiere und ein kleines Bündel Geldscheine mit hundert Francs Noten. Ursula und Helga griffen gleich nach den Bildern, während Karl sich die Papiere näher ansah.

„Tatsächlich, hier ist ja die Police von der gekündigten Lebensversicherung. Mein Gott, da waren schon fast eine Million Franken auf dem Konto. Die Banknoten hier sind wohl der Rest. Besonders viel scheint aber nicht mehr da zu sein. Wir müssen nachher mal nachzählen. Und hier ...", triumphierend hielt er zwei Geburtsurkunden hoch, ausgestellt auf den Namen Christian Karl Wagner. „Er hat es tatsächlich wahr gemacht."

Ursula schaute ihn fragend an. „Was hat er wahr gemacht, Karl?"

„Norbert und ich haben vor vielen Jahren mal vereinbart, unseren Söhnen als zweiten Vornamen den Namen ihres jeweiligen Onkels zu geben. Ich konnte das bei der Geburt unserer Tochter ja leider nicht umsetzen. Auch Norbert hat immer sehr bedauert, dass ihm das wohl nie möglich sein würde. Und jetzt hat er es doch wahrgemacht. Ich freue mich wirklich sehr darüber, obwohl die Umstände weitaus weniger erfreulich sind."

„Das kann man wohl sagen", schnaufte Helga empört und blickte Karl mit bitterbösen Blicken an, die ihm signalisierten, dass er sich mit unbedachten Bemerkungen zurückhalten solle. „Schau lieber mal nach, wer als leibliche Mutter eingetragen ist."

„Habe ich längst, es ist tatsächlich Ursula", erwiderte Karl und registrierte aus den Augenwinkeln, wie sich seine Schwägerin bei dieser Feststellung mit weit aufgerissenen Augen die Hände entsetzt vor den Mund hielt. „Ausgestellt wurde die Urkunde am dreizehnten März neunzehnhundertundfünfzig, und zwar im Gemeindeamt Walden. Als Geburtsdatum ist der elfte März eingetragen. Geburtsort ist Waldendorf, das ist wohl ein Ortsteil von Walden, aber das schaue ich mir in Monikas Schulatlas später noch näher an. Und hier ist tatsächlich auch eine Bescheinigung der Hebamme über die Geburt, ausgestellt von einer Frau Maria Schrö…, verdammt, den Namen kann ich nicht lesen."

„Gib mal her", sagte Helga und riss ihm das Blatt fast aus der Hand. „Mmh, tatsächlich kaum zu entziffern, könnte Schröder, Schreiner oder Schreiber oder …"

„Das ist doch jetzt völlig unwichtig", unterbrach sie Ursula. „Schau dir lieber mal die Bilder hier an." Es waren insgesamt fünf schwarz-weiß Fotos. Auf zwei Fotos war eine attraktive junge Frau zu sehen, die einen Säugling in ihren Armen hielt, einmal noch im Wochenbett liegend und einmal vor einem kleinen Haus stehend. Das dritte Bild war vor dem gleichen Haus aufgenommen und zeigte Norbert mit dem Kind im Arm. Schließlich gab es noch zwei Bilder, auf denen der Junge in einem Alter von zirka drei oder vier Jahren abgebildet war. Die Ähnlichkeit mit Norbert, der Blick seiner Augen und das typische Grübchen am Kinn ließen kaum Zweifel daran, dass es tatsächlich Norberts Sohn war. Allerdings hatte Norbert braune Haare, während die abgeschnittenen Kinderhaare fast schwarz waren. Die Bilder anzuschauen, die ihren Mann mit einer anderen Frau und einem Kind zeigten, das er mit ihr gezeugt hatte, verursachten Ursula heftige Herzstiche. Obwohl sie versuchte, sich nichts anmerken zu lassen, rannen ihr die Tränen über die Wangen. Helga nahm sie schweigend in die Arme und drückte sie an sich, während Karl sich zur Seite drehte und sich verstohlen über die Augen wischte.

„Jetzt haben wir es schwarz auf weiß", stöhnte Ursula, die insgeheim noch immer gehofft hatte, dass sich der Inhalt der Briefe vielleicht doch als haltlos erweisen würde. „Mein Gott, was soll ich denn jetzt bloß machen? Norbert hat tatsächlich Urkundenfälschung begangen."

„Nein, das wohl nicht, denn er hat ja nichts an der Urkunde geändert", erwiderte Karl.

„Aber er hat doch falsche Angaben gemacht, auf deren Basis die Urkunde ausgestellt wurde, und er hat Ursula damit in große Schwierigkeiten gebracht", warf Helga ein.

„Wieso denn? Sie wusste doch von nichts. Deshalb braucht sie auch nichts zu befürchten."

Ursula sah Karl kopfschüttelnd an. „Und wer glaubt mir das, wenn es ans Licht kommt, Karl?"

„Mmh, da hast du natürlich recht, aber warum sollte es denn herauskommen, wenn wir drei keinem ein Sterbenswörtchen davon verraten?"

„Typisch Mann", schnaufte Helga, „was glaubst du denn, was passiert, wenn die Mutter das Kind nächstes Jahr zur Schule anmelden und dafür vielleicht eine Geburtsurkunde von ihm vorlegen muss, weil der Junge nicht ihren Namen trägt. Wenn die dann feststellen, dass sie noch nicht mal als leibliche Mutter erfasst ist, dann ist aber der Teufel los."

Karl nickte bedächtig. „Da ist was dran, Helga. Wir müssen die Mutter finden und mit ihr reden. Vielleicht findet sich ja doch noch ein Ausweg."

„Ich weiß beim besten Willen nicht, was es für einen Ausweg aus diesem Schlamassel geben sollte."

„Ich auch nicht, Ursula, aber ich verspreche dir, wir werden alles versuchen. Norbert ist mein Bruder, über den ich trotz seines Fehltritts nichts kommen lasse, und ich bin auch der Onkel von Christian, der alles dafür tun wird, nicht nur diesem Kind, sondern auch dir zu helfen, auch wenn ich momentan nicht den Hauch einer Idee dafür habe. Aber die Wagners haben noch immer einen Ausweg gefunden. Doch es ist schon spät und jetzt fällt uns ohnehin nichts mehr ein. Wir rücken das Bett wieder an seinen Platz und gehen schlafen. Wer weiß, vielleicht kriegt einer von uns ja im Traum eine Erleuchtung. Auf jeden Fall müssen wir mit der leiblichen Mutter dringend reden. Übermorgen ist Samstag und ich muss nicht arbeiten. Ursula hat auch frei. Ich frage Dieter gleich morgen mal, ob er mir sein Crèmeschnittchen für einen halben Tag ausleihen kann, dann fahren wir beide zusammen nach Waldendorf. Wenn wir ihm den Sprit bezahlen und vielleicht noch ein oder zwei Päckchen Zigaretten spendieren, sagt er bestimmt nicht nein."

„Und mich wollt ihr zu Hause sitzen lassen, das könnte euch so passen", beklagte sich Helga. „Aber was machen wir so lange mit Monika?"

Ursula schüttelte den Kopf. „Die kann natürlich nicht mit und darf auch nicht das Geringste davon erfahren."

„Na schön, dann bleibe ich doch besser zu Hause, auch wenn ich dort wahrscheinlich vor Neugier platzen werde."

Kapitel 18: Auf der Suche

Schon am frühen Samstagvormittag kam Karl mit dem Crèmeschnittchen vor dem Häuschen vorgefahren und hupte dreimal. Er kurbelte das Seitenfenster herunter und rief seiner Schwägerin, die gerade die Haustür öffnete, zu: „Bist du fertig, Ursula?"

„Gleich, Karl. Ich habe uns etwas zu essen und zu trinken für unterwegs eingepackt. Soll ich sonst noch etwas mitnehmen?"

„Auf jeden Fall brauchen wir die Bilder, damit wir die Frau und das Haus auch finden. Eine Geburtsurkunde und die Geburtsbescheinigung der Hebamme sollten wir auch noch mitnehmen."

„Wie wollen wir ihr denn eigentlich die verkorkste Geschichte mit der Geburtsanmeldung erklären?"

Karl lachte. „Keine Ahnung, aber wir lassen es einfach mal auf uns zukommen."

„Ich bin froh, dass du mich damit nicht alleine lässt", sagte Ursula und drückte ihm einen Kuss auf die Stirn.

„Das ist doch selbstverständlich, es geht schließlich um meinen Bruder Norbert und es geht um meinen Neffen Christian. Aber ein bisschen mulmig ist mir schon bei der Sache."

„Nur ein bisschen, frag lieber nicht, wie es mir geht."

„Komm, lass uns jetzt fahren, denn Dieter braucht das Auto heute Abend selbst. Wir sollten zusehen, dass wir spätestens heute Nachmittag gegen sechs Uhr wieder zurück sind. Unterhalten können wir uns ja auch während der Fahrt."

Helga stand vor ihrer Haustür und versuchte Monika zu trösten, die liebend gerne mitgefahren wäre. „Viel Erfolg auf eurer Mission, ihr beiden", rief sie ihnen zu.

Ursula nickte. „Danke, das können wir gut gebrauchen. Wir reden heute Abend in Ruhe über alles, wenn wir wieder zurück sind."

„Und ich richte für halb acht das Nachtessen. Es gibt Wiener Würstchen mit Kartoffelsalat. Sag Karl, er soll nicht so schnell fahren. Im Gegensatz zu Norbert hat er ja kaum Erfahrung im Autofahren."

„Mach ich, dann bis heute Abend", erwiderte Ursula und setzte sich neben Karl auf den Beifahrersitz, nachdem sie ihre Tasche und den Mantel auf die Rückbank gelegt hatte.

Der Motor stotterte und sprang erst nach dem dritten Startversuch an, wobei der Auspuff schwarze Rauchwolken wie bei einer Dampflok ausstieß. Im Wageninneren stank es nach Öl und Benzin und die Sitze waren schon ziemlich zerschlissen. Am Armaturenbrett war eine kleine Vase befestigt, in der eine verstaubte und von der Sonne stark gebleichte Rose aus Plastik steckte. Helga und Monika winkten ihnen nach, als sie losfuhren. Karl fuhr die Heizergasse und die Parallelstraße hinunter bis zur Blies und bog dann links ab in Richtung Bahnhof. Die Steigung den Kuchenberg hinauf nach Wiebelskirchen machte dem betagten Vehikel schwer zu schaffen.

„Eine lahme Kiste ist das, da wären wir ja mit meinem Motorroller noch schneller", schimpfte Karl. „Kein Wunder, denn das ist noch das alte Modell mit dem relativ schwachen siebzehn PS-Motor."

„Aha", erwiderte Ursula, wusste aber damit überhaupt nichts anzufangen. Für Technik interessierte sie sich ohnehin kaum, eher schon für den sonderbaren Namen und das Nummernschild. „Warum heißt der Wagen denn eigentlich Crèmeschnittchen, Karl?"

Ihr Schwager grinste. „Das ist natürlich nicht der richtige Name, aber hier bei uns wurde der Kiste dieser Name verpasst, weil beim Hersteller angeblich während des Krieges auch Panzer für das deutsche Nordafrikakorps in der Sahara gebaut und aus diesem Grund in einer Tarnfarbe ähnlich wie Wüstensand lackiert wurden. In crème-beige also, das auch den fahrbaren Untersatz hier ziert. Und nach dem Krieg war wohl noch so viel von der Farbe übrig, dass sie damit so lange diese Kisten hier lackiert haben, bis auch der letzte Farbtropfen aufgebraucht war. Daher der Name Crèmeschnittchen."

Ursula musterte ihn argwöhnisch von der Seite. „So ein Unsinn, du willst mich wohl veräppeln, mein lieber Schwager."

Karl schmunzelte kopfschüttelnd. „Nein, das will ich wirklich nicht, aber so hat es mir Dieter jedenfalls erzählt. Das klingt doch auch einleuchtend, oder?"

„Kann sein", erwiderte sie, „und was bedeuten die Zahlen und die Buchstaben auf dem Nummernschild?"

Karl kratzte sich am Hinterkopf. „Das weiß ich leider nicht so genau, nur dass die beiden Buchstaben OE für den Kreis Ottweiler stehen. Übrigens sind wir gerade in Ottweiler, Ursula. Hast du dir eigentlich das Ortszentrum hier mit den schönen

Fachwerkhäusern und dem alten Wehrturm schon mal näher angesehen?"

„Ja, mit Norbert war ich vor ein paar Jahren mal hier. Wirklich sehr schön."

Hinter St. Wendel fuhr Karl an den Straßenrand und stellte den Motor ab. „Du hast doch was zu essen dabei, Ursula. Ich habe einen Mordshunger, weil ich heute Morgen kaum etwas gegessen habe. Lass uns wenigstens eine kurze Pause machen. Wir können uns ja so lange hier auf die Wiese setzen."

„Gute Idee, denn mir geht es genau so. Ich habe heute Morgen überhaupt nichts essen können vor lauter Aufregung."

Schweigend saßen sie auf der Wiese, aßen ein paar belegte Brote und genossen den Ausblick auf die herrliche Landschaft mit dem Schaumberg im Hintergrund. Dann fuhren sie weiter. Je näher sie dem Hochwald und ihrem Ziel kamen, umso nervöser wurde Ursula. „Sollen wir nicht doch lieber umkehren und es ein anderes Mal versuchen, Karl? Ich habe einfach kein gutes Gefühl dabei, mit dieser Frau zu reden."

„Ich auch nicht, Ursula, aber wir müssen es irgendwann ja doch mal tun. Wir haben es ja auch bald geschafft. Der Ort da links vor uns ist schon Walden und bis nach Waldendorf ist es auch nicht mehr weit. Immer geradeaus, wenn ich es richtig im Kopf habe. Du kannst ja sicherheitshalber mal auf der Straßenkarte nachsehen. Sie liegt auf dem Rücksitz."

Gleich hinter dem Ortsschild von Waldendorf hielt Karl an einem Bauernhaus an, vor dem ein älterer Mann einen Holzzaun strich. „Gib mir bitte mal das Bild mit dem Haus, Ursula. Der Mann kann mir bestimmt sagen, wo wir es finden." Er stieg aus und unterhielt sich mit dem Mann, der ihm mit den Armen heftig gestikulierend den Weg beschrieb. Als er wieder einstieg, sagte er: „Nur noch ein kleines Stück geradeaus und dann die nächste Straße rechts rein. Das vorletzte Haus auf der linken Seite müsste es sein, hat er gemeint." Kurz darauf sahen sie schon das kleine Haus, das tatsächlich Ähnlichkeiten mit Ursulas Häuschen in Neunkirchen aufwies.

„Hier ist es, Karl", sagte sie.

Er nickte und stellte den Wagen vor dem Haus ab. Es sah unbewohnt aus, denn die Klappläden an den Fenstern waren verschlossen.

„Oh Gott, hier wohnt ja niemand", stöhnte Ursula. „Was machen wir denn jetzt?"

„Ich gehe einfach ins Nachbarhaus und frage dort mal nach. Du wartest so lange im Auto auf mich", erwiderte er. Ein paar Minuten später kam er zurück und schüttelte den Kopf.

„Was ist denn, sag schon?"

„Lass uns zuerst von hier weg und ein kleines Stück weiterfahren, Ursula. Ich möchte mich nicht hier vor Ort mit dir darüber unterhalten, denn wir werden hinter Fenstergardinen schon die ganze Zeit argwöhnisch beobachtet." Als sie den Ort hinter sich gelassen hatten, bog er in einen Feldweg ein und stellte den Motor ab. „So, jetzt können wir reden. Lass uns aussteigen und ein Stück spazieren gehen, denn ich kann jetzt ohnehin nicht ruhig im Auto sitzen bleiben."

„Gut. Hast du denn etwas in Erfahrung bringen können?"

„Und ob, aber leider nicht das, was wir uns erhofft hatten. Wir kommen etwas zu spät."

„Wie das? Was meinst du denn mit zu spät?"

„Na ja, die Mutter und der Junge wohnen seit etwa zwei Wochen nicht mehr hier, hat mir der Nachbar erzählt. Ihm gehört das Haus und er hatte es an die Frau vermietet. Sie habe ein paar Jahre hier alleine gewohnt und gelegentlich in der Gaststätte hier im Ort ausgeholfen. Einer richtigen Arbeit sei sie aber nicht nachgegangen. Sie habe jedoch öfter Besuch von fremden Männern gehabt, was ihm überhaupt nicht gefallen habe, zumal im ganzen Dorf darüber getratscht worden sei. Irgendwann sei auch ein Mann mit einem Lastwagen hier aufgetaucht, mit einem OE-Kennzeichen. Mit dem habe sie wohl auch eine Beziehung gehabt. Nach einiger Zeit sei sie schwanger geworden und habe einen Jungen zur Welt gebracht, wohl von dem Lkw-Fahrer, hat er gesagt. Der habe zwar nicht hier gewohnt, sei aber öfter mal vorbeigekommen und habe sich um sie und das Kind gekümmert. Ein anständiger Mann sei er gewesen, der immer höflich gegrüßt habe, hat er gesagt. So lange habe er auch regelmäßig seine Miete bekommen, doch dann sei der Mann irgendwann im vorigen Jahr einfach nicht mehr aufgetaucht. Seitdem habe sie die Miete nicht mehr regelmäßig bezahlt. Er habe sie immer wieder deswegen ermahnt, aber wegen des Jungen habe er ihr nicht gekündigt. Der Kleine sei ein lieber Junge, der meist den ganzen Tag über alleine oder bei ihm auf dem Hof gewesen wäre und mit seinen Kindern gespielt habe. Seine Mutter habe sich kaum um ihn gekümmert. Nachdem der Mann mit dem Lkw nicht mehr gekommen sei, habe sie ihn sogar noch mehr vernachlässigt. Irgendwann sei sie öfter von einem Soldaten besucht worden. *In einem Jeep in Uniform ist der vorgefahren, ein Ami. Das muss man sich mal vorstellen, so etwas in meinem Haus. Meine Frau und ich haben uns schrecklich vor den Nachbarn dafür geschämt,* hat er geschimpft. Irgendwann sei sie noch einmal schwanger gewesen, vermutlich von dem Amerikaner. Vor ein paar Wochen sei ihm dann der Kragen endgültig geplatzt und er habe ihr angedroht, fristlos zu kündigen, wenn sie nicht innerhalb von vier Wochen ihre Mietschulden bei ihm begleichen würde. Etwa vor zwei Wochen sei sie über Nacht spurlos mit dem Jungen verschwunden und habe ihr Mobiliar und das Geschirr einfach zurückgelassen. Sie habe wohl nur ein paar Koffer mit dem Nötigsten eingepackt. Spät abends habe er noch ein Auto kommen hören, was aber bei ihrem Lebenswandel nichts Ungewöhnliches gewesen sei. Nur knapp zwei Stunden später habe er das Auto wieder wegfahren gehört, aber nicht weiter nachgesehen, weil er schon im Bett lag. Erst am nächsten Morgen habe er dann bemerkt, dass sie verschwunden war. Er hat sich furchtbar darüber aufgeregt, dass er überhaupt nicht wisse, wo er sie suchen könnte, denn neben ihren Schulden habe sie ihm noch einen Haufen Gerümpel im Haus hinterlassen. Dann hat er mich ganz skeptisch von oben bis unten betrachtet und gefragt, was ich denn von ihr wolle. Falls ich ein Verwandter von ihr wäre, müsse ich eben für den Schaden aufkommen, den sie angerichtet habe. Ich habe ihm deshalb erzählt, dass ich sie bloß von früher her kennen würde. Ich wäre rein zufällig in der Gegend und wollte ihr nur mal einen kurzen Besuch abstatten. Tja, und dann habe ich mich ganz schnell von ihm verabschiedet. Gleich losgefahren bin ich deshalb, damit ihm nicht noch unser

Nummernschild ins Auge fällt und er so eine Verbindung zwischen uns und dem Lkw-Fahrer herstellen kann."

„Oh Mann", stöhnte Ursula, „das hat uns gerade noch gefehlt. Was machen wir denn jetzt?"

„Ganz einfach, wir fahren wieder nach Hause zurück."

„Und dann?"

„Keine Ahnung. Im Moment stehe ich völlig auf dem Schlauch. Ich war so froh, dass das Geheimnis mit deiner Geisterpost geklärt ist, halbwegs zumindest, doch jetzt müssen wir uns auch noch auf die Suche nach zwei spurlos Verschwundenen machen."

„Du meinst wohl die Mutter und den Jungen?"

„Wen denn sonst? Ich fürchte, im Moment bleibt uns nichts weiter übrig, als auf den nächsten Brief von Norbert zu warten. Denn falls er tatsächlich noch irgendwo herumgeistern sollte, dann weiß er ja auch, wo die Mutter und das Kind stecken und sollte uns möglichst auch eine Adresse mitteilen. Hast du das gehört, mein lieber Bruder", rief er und blickte dabei mit einem Ausdruck von Sarkasmus zum Himmel. Dann warf er einen Blick auf seine Uhr und sagte: „Lass uns zum Auto zurückgehen und wieder nach Hause fahren, denn hier können wir doch nichts mehr ausrichten. Wir sollten unsere vergebliche Aktion einfach als einen schönen Ausflug verbuchen."

„Einverstanden, aber ich fürchte, die Hoffnung auf einen weiteren Brief werden wir begraben müssen."

Karl blieb wie angewurzelt stehen. „Wieso das denn?"

„Weil mir schon übermorgen ein weiterer Ausflug bevorsteht. Ob es ein schöner Ausflug werden wird, wage ich allerdings zu bezweifeln."

„Sprich jetzt bitte nicht in Rätseln mit mir. Was willst du damit sagen?"

„Ich muss Helene am Montag nach Memich begleiten. Sie muss dort ins Krankenhaus."

„Na also", triumphierte Karl, „ich habe es dir doch von Anfang an gesagt, dass sie verrückt ist und ins Irrenhaus gehört."

„Nein, das ist sie ganz bestimmt nicht, aber so lange Helene in der Klinik bleiben muss, wird uns wohl auch kein weiterer Brief erreichen."

„Und wie lange muss sie dort bleiben?"

Ursula zuckte mit den Schultern. „Keine Ahnung, so lange halt, bis sie als geheilt entlassen wird, oder ..."

„Oder für immer in der Klapsmühle verschwindet", fuhr er für sie fort. „Sie wäre schließlich nicht die Erste, der so etwas widerfährt."

„Leider wahr, und genau das macht mir Angst. Große Angst, Karl. Ich fürchte, sie wird die Trennung vom Waisenhaus und auch von mir nur schwer verkraften können."

„Dann bleibt uns tatsächlich nur die Hoffnung, dass du vorher vielleicht noch einen Brief von ihr erhältst."

„Dafür wäre aber heute oder spätestens morgen die letzte Gelegenheit."

Karl nickte. „Was soll's, lass uns jetzt zurückfahren, Ursula."

„Bist du mir böse, wenn ich heute Abend nicht zum Essen zu euch komme. Mir hat es den Appetit ohnehin völlig verschlagen und erzählen könnte ich Helga ja auch nichts. Ich fühle mich nicht besonders und will mich gleich hinlegen, wenn wir nach Hause kommen."

„Das verstehe ich, dann kommst du halt morgen Abend nach dem Dienst zu uns. Du hast doch morgen Sonntagsdienst, Ursula?"

„Ja, aber ich weiß nicht, ob ich das einrichten kann, denn nach Feierabend muss ich Helene noch auf die Fahrt nach Memich vorbereiten und ihr dabei helfen, ihren Koffer zu packen. Aber wenn es nicht zu spät wird, komme ich gerne noch bei euch vorbei."

Kapitel 19: Ab nach Memich

Ursula hatte sich den ganzen Sonntag über bemüht, Helene positiv auf die Fahrt nach Memich einzustimmen, was ihr tatsächlich auch gelang, denn Helene freute sich wie ein kleines Kind darauf, endlich mal mit einem Zug fahren zu dürfen. Zum Glück fragte sie nicht weiter nach dem Grund der Reise.

„Ich bin noch nie Zug gefahren, Ursula. Immer, wenn ich mal am Bahnhof war, habe ich gerne zugesehen, wie die Züge dort angekommen und wie die Leute ein- und ausgestiegen sind. Und wenn der Zug wieder weggefahren wollte, dann sind die Räder durchgerutscht und der Dampf hat so schön gezischt. Es gefällt mir, wenn die Lok tsch ... tsch… tsch… macht, nur wenn sie pfeift, das mag ich nicht, denn das ist so schrecklich laut. Weißt du eigentlich, warum die Lok so pfeift?"

„Gute Frage, Helene, das kann ich dir jetzt auch nicht erklären, aber wir können ja morgen mal den Schaffner fragen, wenn wir im Zug sitzen."

Am nächsten Morgen wurden die beiden mit dem dreirädrigen Lieferwagen des Landwirtschaftsbetriebes zum Bahnhof hinunter gefahren. Weil im Führerhaus nicht genug Platz war, mussten sie sich hinten auf die Ladefläche setzen. Zum Glück regnete es nicht. Trotzdem war die Fahrt mit dem klapprigen Vehikel alles andere als angenehm. Jedes Schlagloch, durch das sie fuhren, versetzte ihnen heftige Schläge in den Rücken. Zudem rutschten sie auf der Ladefläche hin und her, wenn der Wagen durch eine Kurve fuhr oder der Straßenbahn ausweichen musste. Während sie die Zweibrücker Straße und den Hüttenberg hinunter gegen die Rückwand der Fahrerkabine gepresst wurden, ging es auf der Strecke vom Heusnersweiher bis zum Oberen Markt bergauf, sodass sie höllisch aufpassen mussten, nicht über die Ladeklappe auf die Straße zu fallen. Helene schien das alles einen Heidenspaß zu machen, ganz im Gegensatz zu Ursula, die heilfroh war, als der Wagen endlich vor dem Bahnhof hielt und sie absteigen konnten. Sie löste an einem der Schalter in der Bahnhofsvorhalle zwei Fahrkarten, in die einer der Kontrolleure an den Sperren zu den Gleisen mit einer Zange ein Loch knipste. Auf Gleis drei fuhr der Zug nach Saarbrücken ab. Dort mussten sie dann in den Zug durchs Saartal nach Memich umsteigen. Es dauerte noch eine knappe Viertelstunde, bis er endlich einfuhr. Je mehr sich die schwarze Dampflok, die dunkle Rauchwolken ausstieß und sich mit lautem Pfeifen ankündigte, dem Bahnhof näherte, um so ängstlicher wurde Helene und versteckte sich schließlich an allen Gliedern zitternd hinter Ursula.

„Du brauchst doch keine Angst zu haben, dir passiert schon nichts", versuchte sie, Helene zu trösten. *Sie ist fast wie ein Kind,* dachte sie sich, *ein kleines Kind, das ich weitab von seiner Heimat einem ungewissen Schicksal überlassen muss.* Ein dumpfes Gefühl von Traurigkeit und schlechtem Gewissen zugleich beschlich sie, das sie vor ihrem Schützling jedoch zu verbergen versuchte. Als der Zug hielt, nahm sie Helene bei der Hand und stieg mit ihr in einen der Waggons ein. „So, Helene, du willst bestimmt an einen Fensterplatz. Ich setze mich neben dich.

Den Koffer legen wir oben im Gepäcknetz ab. Dann lassen wir beide die Landschaft an uns vorüberziehen und genießen den Blick aus dem Fenster."

Allmählich beruhigte sich Helene etwas. Nachdem der Fahrkartenschaffner mit seiner Trillerpfeife das Signal zum Abfahren gegeben und sich der Zug in Bewegung gesetzt hatte, schwieg sie fast die ganze Zeit über und starrte unentwegt aus dem Fenster, während Ursula schon nach ein paar Minuten die Augen vor Müdigkeit zufielen. Eine halbe Stunde später fuhren sie im Bahnhof von Saarbrücken ein und beeilten sich, den direkten Anschlusszug nach Memich noch zu erreichen. Die Fahrt an der Saar entlang, vorbei an Eisenwerken, Kokereien, Kraftwerken und anderen Industrieanlagen, war interessant und abwechslungsreich. Besonders die Lastkähne, die mit Kohle, Erz und Stahl beladen in beiden Richtungen auf der Saar unterwegs waren, hatten es Helene angetan.

„Das muss schön sein, auf so einem Schiff übers Wasser zu fahren", sagte sie und klatschte vor Begeisterung in die Hände.

Ursula musste unwillkürlich über ihre kindliche und sehr naive Begleiterin schmunzeln. „Wenn du wieder ...", sie stockte für einen kurzen Moment und fuhr dann fort, „ich wollte sagen, wenn wir wieder zurück im Waisenhaus sind, dann fahren wir beide mal mit dem Zug nach Saarbrücken und machen dort eine Bootsfahrt, wenn du das möchtest."

„Au ja, darauf freue mich riesig. Wann denn, Ursula?"

„Na ja, das wird wohl noch eine Weile dauern. Wir beide müssen dafür ja auch einen freien Tag haben." Je mehr sie sich ihrem Ziel Memich näherten, umso mulmiger wurde es Ursula.

Wie soll ich Helene denn bloß beibringen, dass sie dort wohl für längere Zeit in einer Klinik bleiben muss, unter Menschen, die an den unterschiedlichsten psychischen Erkrankungen leiden?, fragte sie sich. Eine Antwort darauf fiel ihr nicht ein. Am Bahnhof in Memich stiegen sie in einen Linienbus, der sie zur Nervenklinik brachte.

„Oh Mann, das ist aber ein großes Heim", sagte Helene, als sie vor der Klinik standen. „Was sollen wir denn eigentlich hier machen?"

„Ich, äh, das erfahren wir bestimmt, wenn wir uns drinnen angemeldet haben."

Nachdem Ursula die Anmeldeformalitäten erledigt hatte, wies ihnen ein Pfleger den Weg zu Helenes Zimmer, das sie sich mit noch drei anderen Frauen teilen musste. Als Ursula die Zimmertür öffnete, traf sie fast der Schlag. Ein großer Raum mit hoher Decke empfing sie, der außer vier ehemals weißen, aber mittlerweile stark angerosteten Metallgitterbetten, schmalen Spinden und ein paar Holzstühlen fast leer war. Ein undefinierbarer Geruch, eine Mischung aus Kot, Urin und Desinfektionsmitteln, schlug ihnen entgegen. In einem der Betten lag eine ältere Frau völlig apathisch, daneben eine relativ junge, an den Gitterstäben festgezurrt, die permanent wirre Schreie ausstieß. Auf der anderen Seite eine Frau in mittleren Jahren mit kahlgeschorenem Kopf, die aufrecht im Bett saß und aus dem Gedächtnis Gedichte rezitierte. Das Bett neben ihr war frei, Helenes Bett also, die sich voller Angst an Ursula klammerte und am ganzen Körper zitterte.

„Hier will ich nicht bleiben Ursula, lass uns wieder nach Hause fahren, gleich jetzt", stammelte sie.

Ursula versuchte sie zu beruhigen. „Es ist ja nicht für lange, Helene. Wir packen jetzt erst mal deine Sachen in den Schrank und danach sollen wir uns ein Stockwerk höher bei einem Herrn Steinertshagen melden, hat mir der Mann am Eingang gesagt."

„Mmh, aber wo schläfst du denn eigentlich?"

„Ich …, gleich im Zimmer nebenan", stotterte Ursula, weil ihr auf die Schnelle einfach nichts besseres einfiel und weil sie es auch nicht übers Herz gebracht hätte, Helene die Wahrheit zu sagen, eine schreckliche Wahrheit, für die sie selbst nicht das geringste Verständnis aufzubringen wusste.

„Können wir nicht zusammen in einem Zimmer schlafen, Ursula?"

„Ich kann ja den Herrn Doktor nachher mal fragen. Am besten, wir gehen gleich zu ihm."

Ein Stockwerk höher war an einer Tür ein großes Namensschild aus Messing befestigt. Dr. Dr. Steinertshagen - Facharzt für Psychiatrie und leitender Oberarzt - stand darauf. Als sie zum dritten Mal vergeblich an die Tür geklopft hatte und noch immer keine Reaktion von innen kam, fasste sie sich ein Herz und öffnete die Tür einen Spalt. Hinter einem überdimensionalen Schreibtisch saß ein hagerer älterer Mann mit schlohweißen Haaren über einen Stapel Papiere gebeugt, der sie keines Blickes würdigte.

Als sie sich nach einer Weile zaghaft zu räuspern wagte, blickte er auf und herrschte sie an. „Wer sind Sie und wer hat

Ihnen erlaubt, hier einfach einzutreten und mich bei der Arbeit zu stören?"

„Ich bitte um Entschuldigung, aber ich ..."

Ohne sie ausreden zu lassen winkte er ab und sagte: „Warten Sie draußen, bis ich Sie hereinbitte, und verlassen Sie jetzt mein Zimmer."

Ursula war plötzlich, als würde ihr ein dicker Kloß im Hals stecken. Sie drehte sich wortlos um und verließ mit hochrotem Kopf das Zimmer. So unhöflich war sie bisher noch nie behandelt worden. Über eine halbe Stunde mussten sie vor der Tür warten, bis diese schlagartig aufgerissen wurde und der Arzt sie mit einer Kopfbewegung wortlos hereinwinkte.

„Warte bitte hier draußen, Helene, ich bin gleich wieder da", sagte sie und folgte ihm.

Er setzte sich an seinen Schreibtisch, ohne ihr einen Platz anzubieten. „Ihre Akte liegt mir hier vor. Sind Sie die Patientin Helene Gutmann aus Neunkirchen oder ist es die da draußen?"

„Ja, äh, ich meine nein. Ich habe die Helene nur begleitet und jetzt ..."

Wieder schnitt er ihr mit einer abwertenden Handbewegung das Wort ab. „Na schön, dann haben Sie ihren Auftrag ja erfüllt und können gleich wieder nach Neunkirchen zurückfahren. Sie werden hier nicht länger gebraucht."

„Gut, Herr Doktor. Darf ich Sie noch fragen, ob Helene nicht vielleicht in einem anderen Zimmer ..."

Erneut wurde sie mitten im Satz unterbrochen. „Was ist mit dem Zimmer?", herrschte er sie an.

„Wie soll ich sagen, es ist vielleicht weniger das Zimmer, aber die Frauen in dem Zimmer machen Helene Angst."

„Angst? Lächerlich! Was glauben Sie eigentlich, wo Sie hier sind? Das hier ist kein Hotel, wo man sich nach Belieben ein Luxuszimmer aussuchen kann, falls man das nötige Geld dafür hat. Die Unterbringung, Versorgung und Betreuung der Patientin in dieser Klinik überlassen Sie gefälligst uns. Wir werden die Patientin nachher noch untersuchen und gleich morgen mit ihrer Behandlung beginnen. Gehen Sie jetzt!"

„Patientin? Behandlung? Ich glaube, ich muss da etwas richtigstellen. Helene ist keine Patientin, sie ist nicht verrückt, sondern sie hat nur manchmal etwas merkwürdige ..." Weiter kam sie nicht, denn der Oberarzt sprang wie von einer Tarantel gestochen vom Schreibtisch auf, packte sie an den Schultern und schob sie in Richtung Tür.

„Wagen Sie es nie wieder, mir gegenüber etwas richtig stellen zu wollen, wovon Sie nicht die geringste Ahnung haben. Verschwinden Sie jetzt endlich von hier, und zwar auf der Stelle", brüllte er sie an.

Ursula wurde kreidebleich, machte auf dem Absatz kehrt und stürzte aus dem Zimmer, vorbei an Helene, die ihr verzweifelt etwas nachrief und dann plötzlich laut zu schreien anfing. Für einen Moment blieb sie stehen und wollte umkehren, doch sie konnte die Angst einflößende Atmosphäre in dieser Klinik einfach nicht mehr länger ertragen, hielt sich die Ohren zu und rannte immer weiter über den Flur und die Treppe hinunter. Tränenüberströmt verließ sie das Krankenhaus. Sie rannte den ganzen Weg zum Bahnhof zurück, gerade so, als müsste sie befürchten, vom Anstaltspersonal eingefangen und in die Klinik zurückgeschleppt zu werden. Völlig atemlos kam sie auf dem Bahnhof an und erwischte in letzter Sekunde einen Zug in Richtung Saarbrücken. Gegen zwei Uhr am frühen Nachmittag war sie wieder zurück in Neunkirchen und fuhr mit der Straßenbahn vom Bahnhof in Richtung Scheib. Wegen des Schichtwechsels auf Grube König und im Neunkircher Eisenwerk waren scharenweise Arbeiter in der Bahnhofstraße und am Stummplatz unterwegs. Im Gasthaus direkt an der Bushaltestelle standen sie in mehreren Reihen hintereinander an der Theke, um sich noch ein Glas Bier vor der Heimfahrt oder dem Nachhauseweg zu gönnen. Ursula nahm das Treiben um sie herum nur schemenhaft wahr. Der Schock war ihr noch immer anzumerken. Ihr war hundeelend zumute. Kreidebleich saß sie in der Straßenbahn und starrte mit verweinten Augen vor sich auf den Boden. Auf der Scheib stieg sie aus und blieb eine ganze Weile an der Haltestelle stehen. Ihre Beine fühlten sich blei-schwer an und drohten ihr den Dienst zu versagen. Nur mühsam schleppte sie sich hoch zum Waisenhaus und suchte sofort das Büro von Schwester Rutharda auf. Die Nonne erschrak, als sie Ursula sah. Sie erkannte sofort, in welchem Zustand sie war.

„Setzen Sie sich erst einmal hin, Frau Wagner", sagte sie und deutete auf den Besucherstuhl. Dann nahm sie ein Wasserglas und füllte ihr aus einer Karaffe etwas Wasser ein. „Hier, jetzt trinken Sie erst mal in aller Ruhe und dann erzählen Sie mir, was Sie so aus der Fassung gebracht hat."

Ursula nickte und setzte das Glas zum Trinken an, doch ihre Hände zitterten so stark, das sie es gleich wieder vor sich auf dem Schreibtisch abstellen musste. Wieder rannen ihr die Tränen unkontrolliert über die Wangen.

„Ich ahne schon, was Sie mir sagen wollen, Frau Wagner", versuchte die Nonne ihr den Einstieg zu erleichtern. „Sie sind vermutlich geschockt von den Zuständen, die dort in der Klinik herrschen. Ich habe selbst vor einigen Jahren dort ein Heimkind in Obhut geben müssen und hatte eigentlich gehofft, dass sich die Zustände zwischenzeitlich etwas gebessert haben, aber das scheint ja wohl nicht der Fall zu sein."

Ursula nickte. Den Blick starr vor sich auf den Boden gerichtet und mühsam nach den richtigen Worten ringend, erzählte sie der Oberin, was dort geschehen war. „Ich glaube, es war ein Fehler, sie dorthin zu bringen. Wenn ich nicht Hals über Kopf die Klinik verlassen hätte, dann hätte ich Helene gerade wieder mitgenommen. Ich habe es einfach nicht übers Herz gebracht, ihr zu sagen, dass sie dort länger bleiben muss. Ich habe sie einfach dort auf dem Flur stehen lassen und die Flucht ergriffen. Ich fühle mich so schlecht deswegen, Schwester." Als sie aufblickte, sah sie, dass auch der Nonne Tränen in den Augen standen.

„Sie brauchen sich keine Vorwürfe zu machen, Frau Wagner, an Ihrer Stelle wäre es mir vermutlich nicht anders ergangen. Außerdem haben Sie nur meine Anweisungen befolgt. Wenn sich einer Vorwürfe machen müsste, dann wäre ich das. Offen gestanden bin ich jetzt auch in Sorge um Helene und werde daher gleich morgen früh in Memich anrufen und mich nach ihrem Befinden erkundigen. Und Sie gehen jetzt sofort nach Hause und ruhen sich aus, Frau Wagner. Und bleiben Sie morgen auch zu

Hause, wenn Sie möchten. Ein paar Tage Urlaub haben Sie ja noch zugute."

Ursula schüttelte den Kopf. „Zuhause hätte ich doch keine Ruhe. Sagen Sie mir morgen bitte auch Bescheid, wie es Helene geht? Ich meine, wenn Sie dort angerufen haben."

Schwester Rutharda nickte. „Selbstverständlich, Frau Wagner. Ich habe Ihnen zur Unterstützung als Ersatz für Helene übrigens eine Praktikantin zugewiesen, die von der Mittelschule kommt und nächstes Jahr hier eine Lehre als Kindergärtnerin absolvieren möchte. Sie heißt Rebecca mit Vornamen, aber den Nachnamen habe ich gerade nicht im Kopf. Sie macht jedenfalls einen guten Eindruck auf mich. Ich glaube, sie beide werden ganz gut miteinander ausgekommen."

„Ganz bestimmt", erwiderte Ursula Wagner, „also dann bis morgen."

Kapitel 20: Krankenbesuch

Ursula konnte es am nächsten Morgen kaum erwarten, etwas über das Telefonat der Nonne mit der Klinik zu erfahren. Am späten Vormittag kam Schwester Rutharda in Begleitung eines jungen Mädchens zu ihr und stellte sie ihr als die neue Praktikantin vor. „Rebecca wird Ihnen während der Osterferien den ganzen Tag über zur Verfügung stehen und wenn die Schule wieder begonnen hat vielleicht auch noch für zwei bis drei Stunden am Nachmittag, soweit es ihre Zeit erlaubt. Sie muss der Schule auch eine schriftliche Ausarbeitung über ihr Praktikum vorlegen. Ich wäre Ihnen dankbar, wenn Sie ihr dabei vielleicht ein wenig helfen könnten. Einen kleinen Rundgang haben wir ja schon gemacht, Rebecca. Du kannst also gleich hier bei Frau Wagner und den Kindern bleiben."

Ursula fragte: „Kann ich Sie noch ganz kurz unter vier Augen sprechen, Schwester Rutharda. Rebecca kann sicher so lange auf die Kleinen etwas aufpassen. Traust du dir das zu, Rebecca?"

„Na klar." Die Praktikantin nickte. „Ich betreue ja auch schon alleine eine Kindergruppe in der Paulus-Kirchengemeinde."

„Das ist ja prima, dann bist du eigentlich schon ein richtiger Fachmann. Ich gehe nur mal kurz mit der Schwester Oberin vor die Tür und bin gleich wieder da."

„Kein Problem, lassen Sie sich ruhig Zeit, Frau Wagner", erwiderte Rebecca.

„Da haben Sie mir ja wirklich eine nette junge Dame zur Verstärkung ausgesucht", begann Ursula das Gespräch, als sie mit der Nonne vor der Tür stand. „Aber eigentlich wollte ich nur mal kurz nachfragen, ob Sie ..."

„Ja, ich habe", unterbrach sie die Oberin lächelnd. „Sie wollten mich doch sicher auf das gestern angekündigte Telefonat ansprechen. Ich habe heute Vormittag gleich mit dem Oberarzt in Memich gesprochen. Er hat mir erklärt, dass man Helene wegen einer schnelleren Eingewöhnung vorübergehend in ein kleines Einzelzimmer verlegt habe. Zu Helenes Zustand konnte er noch nicht viel sagen. Sie hat sich gestern wohl noch sehr verhaltensauffällig benommen, aber das ist normal in den ersten Tagen. Man hat sie allerdings medikamentös ruhigstellen müssen. Er geht davon aus, dass sie mindestens drei Monate zur Beobachtung und Therapie in der Klinik verbleiben muss, unter Umständen auch länger. Aber das muss man abwarten. Sie brauchen sich also keine Sorgen mehr um Helene zu machen."

„Ich weiß nicht, mein Bauchgefühl sagt mir etwas anderes, und mein Bauch irrt sich eigentlich selten. Trotzdem bin ich natürlich froh zu hören, dass es ihr etwas besser geht und dass sie zumindest ein eigenes Zimmer hat. Ich möchte sie in der Woche nach Ostern mal besuchen. Ich muss es einfach tun, ihr zuliebe."

„Aber natürlich, sie wird sich bestimmt sehr darüber freuen. Vielleicht können Sie ja mit ihr mal einen kleinen Spaziergang machen und ihr ein bisschen erzählen, was sich in der Zwischenzeit bei uns im Waisenhaus so alles zugetragen hat. Aber jetzt muss ich schleunigst weiter. Passen Sie gut auf unsere neue Praktikantin auf."

„Mache ich. Vielen Dank, Schwester Rutharda."

Die Praktikantin erwies sich schon nach kurzer Zeit als ein optimaler Ersatz für Helene. Sie verstand es hervorragend, auf die Kinder einzugehen und brachte aus ihrer Kindergruppe auch ein paar neue Ideen und Spiele mit ein, die von den Waisenkindern gerne angenommen wurden. Im Gegensatz zu Helene konnte Rebecca mitdenken und sah von sich aus, was zu tun war, während Helene immer konkrete Anweisungen dafür brauchte. Eine große Erleichterung für Ursula, auch wenn sie Helene sehr vermisste. Sie konnte es kaum erwarten, sie in Memich zu besuchen und fuhr am Wochenende nach Ostern zu ihr. Sie hatte für sie eine Tafel Schokolade und eine Tüte Sahnebonbons gekauft. Obwohl sie sich auf ein Wiedersehen mit ihr gefreut hatte, beschlich sie sofort wieder ein beklemmendes Gefühl, als sie das Klinikgelände betrat und sich an der Pforte nach Helenes Zimmer erkundigte.

„Warten Sie bitte einen Moment, ich frage mal auf der Station nach, ob sie die Patientin überhaupt besuchen können. Wir haben hier feste Besuchszeiten, aber wenn Sie extra den weiten Weg von Neunkirchen hierher gemacht haben, will ich Sie nicht einfach wieder wegschicken", sagte der Pförtner, ein netter älterer Herr, der sie freundlich anlächelte und dann zum Telefonhörer griff. Nachdem er wieder aufgelegt hatte, öffnete er ihr die Tür. „Sie können hochgehen, sollen sich aber zuerst beim Stationsarzt, Herrn Dr. Weber, melden. Er möchte kurz mit Ihnen sprechen und wird Sie dann zu Helene begleiten."

Auf der Station kam ihr der Arzt schon entgegen und begrüßte sie.

„Sie sind sicher der Besuch aus Neunkirchen. Weber ist mein Name", sagte er und schüttelte ihr die Hand.

„Freut mich sehr, Herr Dr. Weber, mein Name ist Wagner, Ursula Wagner."

Der Arzt zog sie vom Gang in sein Arztzimmer und legte seinen rechten Zeigefinger demonstrativ über die Lippen. „Behalten Sie das bitte für sich, was ich Ihnen jetzt sage, denn sonst komme ich beim Alten in Teufels Küche. Ich meine den leitenden Oberarzt hier, der seine Abteilung samt Personal und Patienten gerne mit einer Kompanie Soldaten in einer Kaserne verwechselt. Auch seine Behandlungsmethoden sind noch aus dem vorigen Jahrhundert. Deshalb ist er bei uns jüngeren Ärzten auch sehr umstritten. Ich will Ihnen gleich reinen Wein einschenken, Frau Wagner. Helene macht mir große Sorgen. Sie ist leider sehr sensibel und ich befürchte, dass sie einen längeren Klinikaufenthalt auf Dauer nicht verkraften wird. Sie hat massive Angstzustände und versucht daher immer wieder, von hier auszureißen, was ihr aber bei unseren Sicherheitsvorkehrungen zum Glück nicht gelungen ist. Trotzdem hat der Alte angeordnet, sie in ihrem Bett zu fixieren, wenn sie ohne direkte Aufsicht mit den anderen Patientinnen in ihrem Zimmer zusammen ist."

„Oh Gott, die Ärmste. Ich dachte eigentlich, dass sie jetzt ein eigenes Zimmer hätte."

Der Arzt schüttelte den Kopf. „Am Anfang haben wir sie in einer kleinen Abstellkammer untergebracht, nachdem sie in der ersten Nacht die ganze Klinik mit ihren Schreien hellhörig gemacht hatte. *Ursula hilf mir, hol mich hier raus*, hat sie stundenlang gerufen, Ich nehme an, sie hat Sie damit gemeint.

Doch wir mussten sie nach ein paar Tagen auf Anordnung des Alten wieder zu den anderen Frauen verlegen. Aber die sind, bitte verzeihen Sie mir die für einen Psychiater sicherlich etwas ungewöhnliche Bemerkung, tatsächlich verrückt, in landläufigem Sinne jedenfalls. Und sie sind leider manchmal auch aggressiv und damit eine Bedrohung für andere, auch für Helene. Wir Stationsärzte und das Pflegepersonal sind uns zum Glück einig darin, dass wir sie, wann immer der Alte nicht da ist, in die kleine Kammer legen, manchmal nur für ein paar Stunden. Dort fühlt sie sich einigermaßen wohl und sicher. Mehr können wir leider nicht für sie tun, aber wenn ich mir einen guten Rat erlauben darf. Helene ist nach meiner Einschätzung überhaupt nicht behandlungsbedürftig. Sie hat zwar ein paar geistige Einschränkungen, aber daran ist nichts zu ändern. Mit etwas fürsorglicher Unterstützung könnte sie damit ganz gut alleine zurechtkommen. Bei Helene kommt noch hinzu, dass sie meiner Meinung nach als hellsichtig einzuschätzen ist, weil sie offensichtlich mit Unsichtbaren oder Geistern spricht. Damit gehört sie zwar für den Alten auf Dauer in eine Klinik, aber ihre Psyche unterscheidet sich ansonsten doch signifikant von der anderer Patienten. Wenn Sie eine Möglichkeit sehen, Helene wieder zurück nach Neunkirchen zu nehmen, dann tun Sie das bitte, ihr zuliebe. So, jetzt gehen Sie zu ihr. Es ist die letzte Tür auf der linken Seite hier im Flur. Seien Sie bitte leise, denn sie schläft vermutlich noch. Wir mussten ihr heute Vormittag eine Beruhigungsspritze geben, aber die wird nicht mehr allzu lange wirken. Versuchen Sie, im Gespräch mit ihr beruhigend auf sie einzuwirken. Und noch eins, falls über meine vertraulichen

Ausführungen hier etwas nach außen dringen und ich deswegen Schwierigkeiten bekommen sollte, würde ich alles hartnäckig bestreiten und Sie der Lüge bezichtigen. Ich muss das tun, weil ich eine Frau und drei Kinder zu versorgen habe und deshalb meine Anstellung hier nicht aufs Spiel setzen darf. Können Sie das verstehen, Frau Wagner?"

Ursula nickte, wischte sich mit dem Handrücken eine Träne ab, die sich über ihre rechte Wange geschlichen hatte, und erwiderte: „Sie brauchen sich keine Sorgen zu machen. Ganz im Gegenteil, denn ich bin Ihnen so dankbar für Ihr Mitgefühl und möchte Ihnen jetzt am liebsten einen herzhaften Kuss dafür geben."

Dr. Weber grinste. „Dagegen ist nichts einzuwenden, Frau Wagner", sagte er und hielt ihr die rechte Wange hin. „Ich muss jetzt aber wieder meiner Arbeit nachgehen. Ich bin noch ein paar Stunden hier und Sie können auch so lange hierbleiben, wenn Sie das möchten. Spätestens um achtzehn Uhr müssen Sie die Klinik aber wieder verlassen haben."

„Ich denke, so lange werde ich nicht bleiben können, denn ich muss ja wieder mit dem Zug zurückfahren."

„Na dann wünsche ich Ihnen schon jetzt eine gute Rückreise, Frau Wagner", erwiderte der Arzt. „Zu Helene wie gesagt den Gang nach rechts und dann die letzte Tür links. Die Tür ist verschlossen. Ich gebe Ihnen einen Schlüssel mit. Wenn sie bei Helene sind, schließen Sie bitte hinter sich ab, damit niemand aus Versehen die Tür öffnen kann. Nochmals, seien Sie bitte leise und schließen Sie auch wieder von außen ab, wenn Sie das Zimmer verlassen."

149

Als Ursula die Tür öffnete, erschrak sie. Der kleine Raum wurde nur spärlich von einer nackten Glühbirne an der Decke ausgeleuchtet. Helenes Bett stand so, dass man es nicht gleich sehen konnte, wenn man die Tür öffnete. Daneben ein schmaler Blechspind, ähnlich denen im Waisenhaus. Helene lag auf dem Rücken und schlief. Sie atmete schwer mit leicht geöffnetem Mund. Sie war kreidebleich und hatte dunkle Ringe unter den Augen, wie trotz des spärlichen Lichtes unschwer zu erkennen war. Ihre Wangen waren stark eingefallen und ihr schönes blondes Haar aschfahl und fast auf Streichholzlänge gekürzt. *Mein Gott, sie sieht aus wie eine alte Frau an der Schwelle des Todes,* kam Ursula spontan in den Sinn. Als sie sich auf den Holzstuhl setzen wollte, der vor Helenes Bett stand, stieß sie unbeabsichtigt mit dem Fuß dagegen. Erschrocken zuckte Helene zusammen und riss die Augen auf. Ursula beugte sich über sie, gab ihr einen Kuss und streichelte ihr über den Kopf dabei.

„Keine Angst, mein Schatz, ich bin es", sagte sie und lächelte Helene an, obwohl es ihr große Mühe bereitete, sich zu einem Lächeln zu zwingen, denn ihr war eher zum Heulen zumute.

„Ursula, endlich", flüsterte sie. „Bist du gekommen, um mich wieder abzuholen?"

Sie überlegte für einen kurzen Moment, was sie darauf erwidern sollte: „Wir werden dich auf jeden Fall hier wieder herausholen, Helene, so schnell es geht. Nur heute geht es leider noch nicht, weil du noch ein bisschen zu schwach bist, um mit dem Zug zu fahren. Wir werden dich aber in den nächsten Tagen mit einem Krankenwagen abholen lassen und zurück nach Neunkirchen bringen. Alles wird gut, Helene", sagte sie und konnte es nicht verhindern, dass ihr dabei erneut Tränen in die Augen schossen. Sie spürte instinktiv, dass sie Helene nichts anderes erzählen durfte. Sie brauchte jetzt einfach etwas Mut und Zuversicht, aber keine Wahrheit. „Schau mal, ich habe dir etwas zum Naschen mitgebracht. Du magst doch Schokolade und Sahnebonbons?", versuchte sie Helene etwas abzulenken.

Doch die schüttelte den Kopf und sah Ursula mit traurigen Augen an. „Nein, ich will nur fort von hier. Nimm sie wieder mit und verteile sie unter den Kindern im Waisenhaus."

„Na gut, wie du meinst. Sie werden sich sicher darüber freuen und lassen dich alle herzlich grüßen."

Ein Anflug von Lächeln war Helenes Antwort darauf. Sie war offensichtlich noch immer benommen, denn die Augen fielen ihr während des Gesprächs immer wieder zu. Ursula wagte nicht, sie zu stören und schaute sich in der Kammer um, in der direkt neben dem Bett Putzeimer, Schrubber, Besen und Putzmittel standen. *Wenn sie sich hier tatsächlich wohler und sicherer als in ihrem richtigen Zimmer fühlt, wie schrecklich muss es dann dort für sie sein?*, dachte sie. Über eine halbe Stunde saß sie regungslos in dem trüben und stickigen Raum, bis sie es nicht mehr aushielt und sich leise wieder hinausschleichen wollte. Doch Helene hatte es bemerkt und hielt sie am Arm fest, sodass ihr nichts anderes übrig blieb, als sich wieder ans Bett zu setzen.

Sie blickte Ursula lange schweigend an. Dann flüsterte sie ihr zu: „Er war wieder bei mir."

Ihr stockte vor Aufregung fast der Atem. „Wer war bei dir?", fragte sie.

151

„Dein Mann. Letzte Nacht war er bei mir, und …", sie stockte und deutete auf den schmalen Spind. „Da drin liegt ein Brief für dich, nimm ihn mit, Ursula."

Tatsächlich lag dort ein Umschlag, den sie hastig ergriff und in ihre Tasche steckte. „Hat er sonst noch etwas zu dir gesagt?"

Helene nickte. „Ja, dass es sein letzte Brief für dich ist. Er will mir auch helfen, von hier wegzukommen, wenn mir sonst niemand hilft. Geh jetzt nach Hause zurück, denn ich bin müde, schrecklich müde." Gleich darauf fielen ihr die Augen wieder zu.

Ursula nickte, nahm ihre Tasche und gab Helene zum Abschied einen Kuss auf die Stirn. Dann verließ sie auf Zehenspitzen den Raum und schloss die Tür leise hinter sich ab. Den Weg zurück zum Bahnhof und die Rückfahrt nach Neunkirchen nahm sie kaum wahr. Es schien ihr, als habe sich ein Stein in ihrem Herzen festgesetzt, ein Stein, der unentwegt zu wachsen schien und sie von innen zu erdrücken drohte. Obwohl sie den Brief in ihrer Tasche am liebsten gleich im Zug gelesen hätte, vermied sie es aus Angst, dabei in aller Öffentlichkeit die Beherrschung zu verlieren. Stattdessen hielt sie die Tasche mit dem Brief während der Rückfahrt auf ihrem Schoß so fest umklammert, als hätte sie darin einen Schatz versteckt. Es war relativ früh am Nachmittag, als sie am Bahnhof in Neunkirchen aus dem Zug stieg und durch die Stadt zu Fuß nach Hause ging. Karl hatte noch Urlaub und hackte Holz im Vorgarten, als sie zurückkam.

„Und, gibt es Neuigkeiten, Ursula?", fragte er.

Sie nickte.

„Gute oder schlechte?"

„Beides. Helene geht es leider überhaupt nicht gut."

„Oh, das tut mir leid, ist aber auch kein Wunder, ich meine, was man von dort so alles hört. Und die gute Nachricht?"

„Hier", sagte sie, zog den Brief aus ihrer Tasche und hielt ihn hoch.

„Gott sei Dank, also doch noch ein Brief von Norbert. Was steht denn drin?"

„Ich weiß es nicht Karl. Ich habe ihn noch nicht gelesen."

„Du willst ihn sicher zuerst mal alleine lesen, nicht wahr?"

Ursula nickte.

„Hab´ ich mir doch gedacht", brummte Karl in den Bart. „Na gut, aber in einer halben Stunde kommst du rüber zu uns. Ich sage Helga Bescheid. Sie hat einen Formkuchen gebacken, den magst du doch?"

„Natürlich, Karl. Jetzt, wo du es sagst, fällt mir ein, dass ich seit heute Morgen nichts mehr gegessen habe. Ein bisschen Hunger habe ich wirklich, trotz allem. Doch davon später. Jetzt ziehe ich zuerst mal das gute Kleid und die Schuhe aus, denn die drücken schrecklich, wenn man sie den ganzen Tag an hat. Und in der Kittelschürze fühle ich mich auch einfach wohler."

„Ihr Weiber heutzutage habt einen richtigen Kittel-schürzentick, dabei seht ihr in einem schönen Kleid doch viel besser aus."

Ursula musste unwillkürlich grinsen. „Na klar, doch selbst im schönsten Kleid macht sich die Hausarbeit nicht von alleine, denn ich muss später noch die Wäsche bügeln."

„Wie du meinst. Dann in einer halben Stunde bei Kaffee und Kuchen."

Kapitel 21: Die letzte Nachricht

Ursula ging mit dem Brief nebenan zu Helga und Karl. Monika öffnete ihr die Tür.

„Endlich kommst du, Tante Ursula. Mama hat einen Kuchen gebacken und ich wollte so gerne schon mal ein Stück davon probieren, aber sie hat gesagt, dass erst davon gegessen wird, wenn du da bist."

„Oh, das tut mir aber leid, dass du wegen mir so lange hungern musstest, aber jetzt bekommst du sicher gleich ein Stück."

Helga und Karl saßen schon am Tisch und tranken eine Tasse Kaffee.

„Soll ich dir auch eine einschenken", fragte Helga. „Es ist aber nur Malzkaffee."

„Macht überhaupt nichts, den trinke ich eigentlich ganz gerne und den teuren Bohnenkaffee kann man sich ohnehin nur zu besonderen Anlässen leisten."

Karl deutete auf den Brief in ihrer Hand. „Was gibt es Neues?"

Helga verpasste ihm unter dem Tisch mit dem Fuß einen Stoß und deutete dabei auf Monika.

Karl nickte. „Wenn du fertig gegessen hast, kannst du noch ein bisschen nach draußen spielen gehen, Monika, denn wir haben mit Tante Ursula noch etwas zu besprechen."

„Kann ich nicht hier bleiben, bitte Papa", erwiderte sie.

„Nein, Monika, wir Erwachsenen müssen in Ruhe etwas bereden, was nicht für deine Ohren bestimmt ist."

„Ich bin auch ganz ruhig, Papa."

„Ich habe nein gesagt."

Monika stampfte wütend mit den Füßen auf den Boden auf. „Ich will aber nicht spielen gehen." Eigentlich hätte sie sich denken können, wie ihr Vater darauf reagieren würde.

Karl hob warnend den Zeigefinger. „Wenn du noch einmal mit den Füßen aufstampfst, kriegst du eine gescheuert. Und jetzt raus mit dir."

„Oh Mann, das ist gemein, immer wenn ihr etwas zu bereden habt, schickt ihr mich raus", heulte Monika, rannte aus der Küche und schlug die Tür hinter sich zu. Gleich darauf streckte sie vorsichtig den Kopf wieder herein.

„Entschuldigung, mir ist die Tür aus der Hand gerutscht", sagte sie kleinlaut.

„Dein Glück, dass du dich dafür entschuldigt hast, denn sonst hättest du dir prompt eine Ohrfeige eingehandelt."

Monika nickte mit hochrotem Kopf. „Ich gehe dann mal wieder raus, Papa", erwiderte sie und zog die Tür ganz sanft hinter sich ins Schloss.

Helga blickte ihren Mann kopfschüttelnd an. „Musst du denn immer so streng zu ihr sein?"

„Was heißt denn hier streng, sie hat gefälligst auf mich zu hören. Wer nicht hören will, muss fühlen, das hat mein Vater schon immer zu uns gesagt. Und was bei uns früher gewirkt hat, das wirkt auch heute noch. Ihr habt es ja eben selbst erlebt", erwiderte Karl und konnte sich ein Grinsen dabei nicht verkneifen.

Helga schüttelte genervt ihren Kopf. „Du brauchst jetzt nicht auch noch stolz darauf zu sein", sagte sie.

„Wollen wir beide jetzt über Kindererziehung reden oder willst du Ursula auch mal zu Wort kommen lassen, du Glucke?"

Helga winkte ab. „Lassen wir das. Was steht denn diesmal im Brief?", fragte sie zu Ursula gewandt.

„Ich erzähle euch besser zuerst einmal, wie es heute in Memich war und wie es Helene dort geht." Dann schilderte sie ihre Erlebnisse in der Nervenklinik.

Helga schüttelte fassungslos den Kopf. „Das sind ja schlimme Zustände dort. Die arme Helene."

„Eine richtige Klapsmühle", pflichtete Karl ihr bei.

„Ich fürchte offen gestanden, dass Helene es nicht ertragen könnte, wenn sie noch länger dort bleiben müsste. Gleich übermorgen rede ich mit Schwester Rutharda, damit sie so schnell es geht von dort wieder wegkommt. Doch jetzt zum Brief. Um es vorweg zu nehmen, weitere Hiobsbotschaften wie in den vorherigen Briefen sind mir diesmal zum Glück erspart geblieben. Mittlerweile glaube ich immer mehr daran, dass die Briefe tatsächlich von Norbert sind. Das wird sich spätestens dann zeigen, wenn die Informationen, die er mir darin gegeben hat, auch einer Überprüfung standhalten sollten."

Karls Ungeduld war kaum zu übersehen. „Nun spann uns bloß nicht länger auf die Folter und lies ihn endlich vor."

„Nein, Karl, denn dann kommen mir bestimmt wieder die Tränen. Ich erzähle euch besser so, was drin steht. Ihr könnt ihn danach aber auch gerne selbst lesen. Also, Norbert hat im Brief geschildert, dass sich die leibliche Mutter überhaupt nicht richtig um Christian gekümmert hat. Vom Essen und Trinken abgesehen sei der Kleine den ganzen Tag sich selber überlassen gewesen und oft auch von ihr alleine gelassen worden, wie ihm der Junge wohl berichtet hat, wenn Norbert dort zu Besuch war. Er sei oft den ganzen Tag über ungewaschen herumgelaufen, immer in der gleichen geflickten Hose und in einem ausgefransten Pullover. Am meisten habe er jedoch unter der mangelnden Zuneigung seiner Mutter gelitten und sich deshalb umso mehr an ihn geklammert, wenn er bei ihm war. Der Junge habe ihn immer gefragt, warum er nicht auch hier wohne und ob er ihn denn nicht wenigstens mit zu sich nehmen könne. Auch die Beziehung zwischen Norbert und der leiblichen Mutter ist wohl immer mehr erkaltet und nur noch sporadisch aufgeflammt, wenn sie von ihm Geld gefordert und er diesem Wunsch entsprochen hat. Norbert muss furchtbar unter dieser Situation gelitten haben, wie er schreibt. Das hat ihm physisch und psychisch so zugesetzt, dass er daran zerbrochen ist." Ursula musste heftig niesen. „Entschuldigung, ich bin ein bisschen erkältet. Wo war ich gerade stehen geblieben? Ach ja, jetzt kommt das, worauf du die ganze Zeit wartest, Karl. Die Mutter ist bereits wenige Wochen nach seinem Tod eine Beziehung zu einem amerikanischen Soldaten eingegangen und hat das Kind danach noch mehr vernachlässigt. Zum Glück hätten sich die Nachbarn wenigstens ein bisschen um ihn gekümmert. Ganz schlimm ist es aber erst geworden, als die Mutter erneut schwanger geworden ist und Christian nur noch als Last oder als Hindernis ..."

„Moment mal", unterbrach sie Karl, „das, was du da gerade erzählst, stimmt doch eigentlich exakt überein mit dem, was mir ihr ehemaliger Nachbar erzählt hatte, als wir beide in Waldendorf waren. Das gibt es doch gar nicht. Aber das konnte Norbert doch eigentlich gar nicht mehr wissen, weil er schon ..." Er führte den Satz nicht zu Ende. Dann starrte er die beiden Frauen kopfschüttelnd an. „Nein, das glaube ich nicht, dafür muss es einfach eine natürliche Erklärung geben."

„Ich habe gerade eine richtige Gänsehaut bekommen von dem, was du da erzählt hast, Ursula", sagte Helga. „Das ist ja richtig unheimlich. Dafür gibt es meines Erachtens keine andere Erklärung als die, dass es tatsächlich Dinge zwischen Himmel und Erde gibt, die wir uns nicht erklären können."

Karl wollte es noch immer nicht wahrhaben. „Wir sollten jetzt aber keine voreiligen Schlüsse ziehen."

Ursula musste unwillkürlich grinsen. „Jetzt noch nicht, hast du gesagt. Na gut, dann erzähle ich halt noch ein bisschen weiter. Norbert hat auch geschrieben, dass sie über Nacht plötzlich aus Waldendorf verschwunden sei, ohne eine Spur zu hinterlassen. Und auch das stimmt exakt mit dem überein, was dir der Nachbar erzählt hatte. Nicht wahr?"

Karl nickte. „Wenn du mir jetzt auch noch sagst, dass dir Norbert eine Adresse hinterlassen hat, wo wir die Mutter und Christian finden können, dann fresse ich einen Besen."

Ursula stand wortlos auf, nahm den Kehrbesen, aus der Ecke, reichte ihn Karl und sagte: „Na dann mal guten Appetit, mein lieber Schwager. Aber pass auf, dass er dir nicht im Hals stecken bleibt, denn ich brauche dich noch. Du musst mit mir zusammen nach Hollstädten fahren."

„Hollstädten? Nie gehört", brummte Karl. „Hat Norbert im Brief wirklich eine genaue Adresse angegeben? Zeig mal her", sagte er und nahm ihr den Brief aus der Hand. „Tatsächlich, eine Adresse von einem General Hospital der US-Army, sogar mit der genauen Angabe einer Gebäudenummer, vermutlich von einer Wohnunterkunft. Wir werden uns davon auf jeden Fall selbst überzeugen, aber zuerst muss ich herausfinden, wo dieses verdammte Nest liegt."

„Drüben im Reich, Karl, irgendwo auf der Strecke in Richtung Idar-Oberstein."

„Und woher weißt du das? Du hast doch sonst keine Ahnung von so etwas, oder steht das etwa auch im Brief?"

„Nein, das nicht, aber ich weiß es trotzdem."

„Aha."

„Ein Onkel von mir wohnt in Idar-Oberstein. Den habe ich früher ab und zu dort besucht, wenn Norbert länger unterwegs war. Ich bin damals immer mit dem Zug gefahren und ich erinnere mich zumindest noch dunkel daran, dass der Zug auch in Hollstädten, also auf jeden Fall noch vor Idar-Oberstein, gehalten hat."

Karl nickte. „Prima, dann weiß ich wenigstens, wo ich auf der Karte nachschauen muss. Allzu weit ist das ja zum Glück nicht, denn in Idar-Oberstein war ich auch schon mal. Richtig schön ist es dort. Ich erinnere mich noch an eine Kirche, die in einer Felswand hoch über der Stadt steht."

Ursula nickte. „Ja genau, das ist die Felsenkirche. Von dort hat man einen herrlichen Ausblick. Ich war immer gerne dort oben."

„Und was steht sonst noch im Brief?", fragte Helga.

Ursula schwieg ungewöhnlich lange. „Norbert hat große Angst um den Jungen. Er bittet uns deshalb, dass wir uns um ihn kümmern sollen, bevor es zu spät ist."

Karl stand auf und ging zum Fenster. „Na, der hat aber wirklich Nerven. Wen meint er denn *mit uns* und was meint er mit *zu spät*?"

Ursula zuckte mit den Schultern. „Ich nehme an, mit uns meint er wohl seine Frau und seinen Bruder, also dich und mich, aber was er mit zu spät meint ..., keine Ahnung, jedenfalls steht dazu im Brief nichts Näheres."

„Dann werden wir beide uns wohl demnächst wieder auf die Suche begeben müssen, Ursula, nur diesmal halt bei den Amis in Hollstädten. Nur wie? Dieters Crèmeschnittchen hat in der Zwischenzeit den Geist aufgegeben, sodass die Möglichkeit diesmal ausscheidet."

„Warum fahrt ihr denn nicht einfach mit dem Zug, so wie Ursula früher auch", schlug Helga vor.

„Und dann stehen wir irgendwo an einem Bahnhof und wissen nicht, wie wir von dort weiterkommen sollen. Nein, wir fahren am besten mit meiner Vespa hoch, dann sind wir flexibel und das Ganze kostet nur ein paar Liter Sprit."

Ursulas skeptischer Blick verriet unmissverständlich, was sie von dem Vorschlag hielt. „Du willst mit mir auf deinem Motorroller bis nach Hollstädten fahren? Ich bin doch nicht lebensmüde."

Karl grinste. „Du wirst dir doch jetzt nicht vor Angst in die Hosen machen, liebste Schwägerin. Mein Roller ist unverwüstlich und hat mich noch überall sicher und zuverlässig hingebracht, wo ich hin wollte."

„Aber ich bin noch nie mit so einem Knatterding gefahren, Karl."

Helga lachte schallend. „Na dann wird es aber Zeit, Ulla. Du wirst sehen, es gefällt dir. Angst brauchst du wirklich keine zu haben."

„Meint ihr? Aber nur, wenn du nicht so schnell fährst, Karl."

„Keine Sorge, denn mehr als sechzig Sachen macht das Knatterding ohnehin nicht, und zu zweit bergauf geht es zu Fuß fast schneller."

„Und wann willst du fahren?"

„So schnell es geht, denn Norbert hat sicher nicht umsonst geschrieben, *bevor es zu spät ist.* Wann hast du denn wieder frei? Bei mir ginge es schon jetzt am Sonntag."

Ursula nickte. „Bei mir auch. Hoffentlich haben wir wenigstens dieses Mal mehr Erfolg, obwohl ich mich am liebsten davor drücken möchte."

Karl winkte ab. „Bammel davor habe ich auch, aber da müssen wir jetzt einfach durch."

„Bist du dir sicher, dass wir das müssen?"

„Ja, Ursula, ich will endlich wissen, ob tatsächlich was dran ist an dieser mysteriösen Geisterpost. Notfalls fahre ich auch alleine."

„Nein, auf keinen Fall. Norbert hat uns beide darum gebeten und ich will ihm diese Bitte nicht abschlagen, obwohl ich allen

Grund dazu hätte, nach allem, was er mir angetan hat. Außerdem stehe ich ja als leibliche Mutter in der Geburtsurkunde. Das ist so unglaublich, dass ich es noch immer nicht fassen kann. Ich weiß überhaupt nicht, wie wir das Problem lösen sollen, Karl."

„Das liegt mir ehrlich gesagt auch schwer im Magen. Wir müssen irgendwie verhindern, dass Norbert wegen falscher Angaben bei einer Behörde noch nach seinem Tod in ein schlechtes Licht gerückt wird. Vor allem darf es uns als seinen Hinterbliebenen nicht auch noch schaden. Wie auch immer, lass uns am Sonntag gleich nach dem Frühstück losfahren."

Kapitel 22: In Hollstädten

Karl stand schon abfahrbereit vor dem Gartentor, als Ursula die Haustür hinter sich zuzog. „Guten Morgen, Ursula, einen herrlichen Frühlingstag haben wir uns heute ausgesucht. Besseres Wetter für unsere Fahrt hätten wir uns jedenfalls kaum wünschen können. Hast du alles dabei?"

„Ja, die gleichen Unterlagen wie beim letzten Mal und natürlich einen Zettel mit der Adresse aus Norberts letztem Brief. Außerdem für uns beide noch was zu essen und zu trinken."

„Gut, gib mir bitte die Sachen. Ich verstaue sie hinten in der Satteltasche." Danach versuchte Karl, den Motorroller mit kräftigen Tritten auf den Kickstarter in Gang zu setzen. Erst beim sechsten Versuch sprang der Motor knatternd an. Helga stand hinter dem Roller und wurde von einer schwarzen Rauchwolke aus dem Auspuff eingenebelt. Laut schimpfend sprang sie zur Seite. Karl deutete seiner Schwägerin mit einer Kopfbewegung an, sich hinter ihm auf die Sitzbank des Motorrollers zu setzen.

Ursula stellte sich in ihrem weiten Rock ziemlich ungeschickt an, was Karl grinsend kommentierte: „Du musst deinen Rock zuerst vorne etwas anheben und dich dann draufsetzen, sonst ziehen wir nachher noch eine Schlange Schaulustiger hinter uns her, wenn dein Rock im Fahrtwind flattert und du allen hinter uns tiefe Einblicke gewährst. Deine Füße stellst du hier auf die

Fußrasten und umarmst mich von hinten, gerade so, als wären wir ein Liebespaar."

Mit hochrotem Kopf stieg Ursula auf und wagte kaum, sich richtig an ihrem Vordermann festzuhalten, was sich schlagartig änderte, als Karl die Kupplung beim Anfahren wohl mit Absicht etwas schneller als üblich losließ und der Roller sich mit einem Satz ruckartig in Bewegung setzte. Doch schon nach ein paar Kilometern hielt er am Straßenrand wieder an und drehte sich zu Ursula um.

„Mit Umarmen hatte ich nicht Erdrücken gemeint, liebste Schwägerin. Und wenn ich durch eine Kurve fahre, dann musst du dich mit in die Kurve reinlegen, denn wenn das nur der Fahrer tut und die Mitfahrerin hinter ihm den Oberkörper vor lauter Angst in die entgegengesetzte Richtung beugt, dann wird das nichts. Du musst mir einfach vertrauen und dich genau so reinlegen wie ich. Mach einfach die Augen zu, am Anfang hilft dir das ganz bestimmt. Alles klar?"

Ursula nickte nur stumm und bemühte sich, den Anweisungen ihres Schwagers zu folgen, nicht ohne in Gedanken ein paar Stoßgebete zum Himmel zu schicken. Doch schon bald machte ihr die Fahrt richtig Spaß. Trotzdem war sie froh, als sie etwa eineinhalb Stunden später in Hollstädten ankamen und Karl vor einer Gaststätte hielt.

„Lass uns kurz hier reingehen und etwas trinken, Ursula. Dabei können wir gleich mal nachfragen, wie wir zur Wohnsiedlung der Amis kommen", schlug er vor.

Eine halbe Stunde später brachen sie wieder auf. Der Wirt hatte Karl auf einem Zettel den Weg skizziert. *Nur mit der angegebenen Adresse kann ich nichts anfangen, am besten fragen Sie direkt in der Siedlung nochmal jemanden*, hatte er ihnen geraten. Etwa zehn Minuten später erreichten sie ihr Ziel. Fast schien es ihnen, als wären sie in einer völlig anderen Welt gelandet, Straßenschilder und Reklametafeln in englisch, breite Straßenkreuzer wie in den amerikanischen Spielfilmen in schillernd bunten Farben, Militärfahrzeuge, weiße und farbige Männer, Frauen und Kinder und ein unbeschreibliches Stimmengewirr in einer Sprache, die sie beide bis auf ein paar Begriffe kaum verstanden.

„Oh Gott, hier finden wir uns doch nie zurecht", stöhnte Ursula.

„Ich frage einfach mal jemanden", erwiderte Karl.

„Aber du kannst doch gar kein Englisch."

„Das nicht, aber irgendwie kriege ich das schon hin. Gib mir bitte den Zettel mit der Adresse, Ursula."

Karl ging geradewegs über die Straße auf zwei Soldaten zu, die vor dem Eingang eines lang gestreckten Gebäudes auf der Treppe saßen und sich unterhielten. Als er ihnen den Zettel zeigte, lachten sie und zeigten in Ursulas Richtung.

„Und, was haben sie gesagt", fragte sie, als er wieder zurückkam. Die Aufregung stand ihr förmlich ins Gesicht geschrieben.

„Keine Ahnung, aber wir stehen mit unserem Roller wohl genau vor dem Haus. Jetzt müssen wir nur noch die Frau und den Jungen finden. Mit den Fotos von ihr fragen wir uns einfach weiter durch." Er zog seine Schwägerin kurz an sich und flüsterte ihr ins Ohr: „Was auch immer jetzt passiert, Ursula, überlass mir bitte das Gespräch. Du bist viel zu aufgeregt, und ein falsches Wort könnte ..."

„Was willst du ihr denn sagen, Karl?", unterbrach sie ihn.

Karl zuckte mit den Schultern. „Keine Ahnung, aber das lasse ich einfach auf mich zukommen und du hältst dich zurück. Versprochen?"

„Versprochen, Karl!"

Er klopfte gleich an der ersten Wohnungstür. Eine junge Frau mit bunten Lockenwicklern im Haar öffnete ihnen. Karl zeigte ihr die Fotos und sagte: „Wir suchen diese Frau hier. Wissen Sie vielleicht, wo sie wohnt?"

Die Amerikanerin wies gleich die Treppe hinauf, sagte: „Oh, it´s my friend Rosalia. Please look a floor higher, same flat like this", und schlug Karl die Tür gleich wieder vor der Nase zu, noch bevor er sich bei ihr bedanken konnte.

„Und, was hat sie gesagt?", fragte Ursula.

„Frag mich was Leichteres", erwiderte er grinsend. „Aber sie hat immerhin nach oben gezeigt. Lass es uns deshalb einfach mal eine Etage höher versuchen." Dort klingelte er wieder an der ersten Wohnungstür, die ihm erst nach einer Weile von einer jungen Frau mit langen schwarzen Haaren in einem blauen Umstandskleid geöffnet wurde.

Sie starrte Karl ein paar Sekunden an, gerade so, als wäre er ein Gespenst, schüttelte den Kopf und sagte: „Wo kommst du denn nach so langer Zeit so plötzlich her, Norbert."

Karl verschlug es für einige Sekunden die Sprache. Dann schüttelte er den Kopf und erwiderte: „Nein, ich bin nicht der Norbert, ich heiße Karl, Karl Wagner. Ich bin Norberts Bruder."

„Ach daher. Jetzt, wo du es sagst, fallen mir auch ein paar Unterschiede auf, aber die Ähnlichkeit zwischen euch beiden ist trotzdem verblüffend. Wo ist denn der Norbert abgeblieben?" Sie duzte Karl einfach, ohne ihn zu kennen, doch der ließ sich nichts anmerken.

„Das lässt sich leider nicht mit ein paar Worten zwischen Tür und Angel erklären. Dürften wir vielleicht zu Ihnen reinkommen und uns in aller Ruhe mit Ihnen unterhalten, Frau …?"

„Sartori", erwiderte sie, „aber warum nennst du mich nicht einfach bei meinem Vornamen. Ich heiße Rosalia." Sie lachte trocken. „Die Amerikaner sind lange nicht so steif und förmlich wie ihr Deutschen. Ich bin allerdings auch keine Amerikanerin, nur die Frau eines amerikanischen Offiziers, dessen Vorfahren aus Italien stammen, so wie auch meine Vorfahren." Ihr Blick fiel auf Ursula. „Ist das deine Frau?"

„Nein, das ist Ursula, meine Schwägerin. Sie ist ...", er stockte kurz und fuhr dann fort, „sie war Norberts Frau."

„Wieso war, seid ihr geschieden?"

Ursula kostete es große Mühe, ihre spontane Abneigung und Wut der Frau gegenüber, mit der Norbert über Jahre ein Verhältnis hatte, zu verbergen. „Nein", sagte sie, „Norbert lebt nicht mehr."

„Oh, deshalb also hat er sich auch nicht mehr bei mir blicken lassen", erwiderte Rosalia. Weder eine Spur von Trauer noch Betroffenheit waren ihr dabei anzumerken. „Woran ist er denn gestorben? Ich dachte jedenfalls schon, er hätte mich mit dem Kind einfach sitzen lassen. Ich nehme an, ihr wisst …?"

Ursula nickte. Ihre innere Anspannung war so groß, dass ihre Hände plötzlich zu zittern begannen. „Ja, wir wissen es und deshalb sind wir auch hier. Ich muss Ihnen aber ehrlich sagen, dass ...“

Karls ermahnender Blick ließ sie gleich wieder verstummen. „Lass mich das bitte übernehmen, Ursula“, sagte er und zu Rosalia gewandt: „Wo ist denn eigentlich der Junge?“ Ein verzweifelter Versuch, der knisternden Spannung, die sich wie eine undurchdringliche Wand zwischen den beiden Frauen aufzubauen drohte, wenigstens etwas entgegenzuwirken.

„Nebenan in seinem Zimmer“, erwiderte Rosalia. „Aber kommt doch rein ins Wohnzimmer und setzt euch. Wollt ihr was trinken?“

„Danke“, erwiderte Karl und ließ Ursula den Vortritt. „Vielleicht einen Kaffee?“

„Of course, no Problem“, erwiderte Rosalia und bemerkte erst an der Reaktion ihrer Gäste, dass diese wohl kein Wort verstanden hatten. „Tut mir leid, aber je länger ich hier bei den Amis bin, umso mehr rede und denke ich auch in ihrer Sprache.“ Sie ging in die offene Küche gegenüber, nahm zwei Henkeltassen aus einem Schrank, kippte aus einer Dose etwas Pulver hinein, füllte die Tassen mit heißem Wasser auf und stellte sie vor Ursula und Karl auf den Tisch.

Karl beugte sich über die Tasse, schnupperte kurz und nahm einen Schluck. „Tatsächlich Kaffee“, sagte er, „und schmecken tut er auch ganz gut.“

Rosalia lachte. „Ja, die Amerikaner sind uns in solchen Dingen weit voraus." Dann rief sie in Richtung Nachbarzimmer: „Hallo Christian, kommst du mal rüber, wir haben Besuch."

Kurz darauf stand der Junge im Türrahmen und musterte Ursula mit scheuen Blicken. Er machte einen für sein Alter sehr verschlossenen Eindruck.

Ursulas Herz fing vor Aufregung an zu rasen. *Das also ist der Sohn deines Mannes und dieser Frau,* dachte sie und fühlte augenblicklich, wie sich erneut eine tief empfundene Demütigung in ihr auszubreiten begann.

Als der Blick des Jungen auf Karl fiel, ging ein Strahlen über sein Gesicht. „Papa, Papa, da bist du ja endlich wieder", rief er und fiel seinem Onkel mit einem Satz um den Hals.

Karl stand abrupt mit dem Kleinen im Arm auf, drückte ihn fest an sich, gab ihm einen Kuss auf die Stirn und ging ein paar Schritte mit ihm in Richtung Fenster. Tränen standen in seinen Augen.

„Nein, Christian, das ist nicht dein Papa, sondern dein Onkel Karl", sagte Rosalia.

Sofort löste sich Christian aus der Umarmung und blickte Karl ins Gesicht.

„Aber er sieht doch genau so aus wie mein Papa. Du bist doch mein Papa, nicht wahr?"

„Nein, Christian, er sieht deshalb genau so aus, weil es Papas Bruder ist."

„Sein Bruder, aber wo ist denn mein Papa?"

Karl wischte sich mit der Hand über die Augen und suchte krampfhaft nach einer Erklärung. Dann schüttelte er den Kopf und erwiderte: „Das erzähle ich dir später, jetzt lass dich erst einmal anschauen, junger Mann. Mein Gott, du siehst wirklich genau so aus wie dein Papa und ich, als wir so alt waren wie du. Nur deine Haare sind etwas dunkler, aber sonst ist die Ähnlichkeit wirklich verblüffend. Dein Papa und ich waren ursprünglich fast hellblond, doch später sind unsere Haare dann auch etwas dunkler geworden, bloß nicht so dunkel wie deine. Was meinst du denn dazu, Ursula?", fragte er zu seiner Schwägerin gewandt. „Du kennst doch das alte Foto von uns beiden, das in unserem Wohnzimmer hängt."

„Ja, Karl, mir ist es auch gleich aufgefallen, er ist unverkennbar ein Wagner."

„Ein Wagner? Was ist denn ein Wagner?", fragte Christian.

Sein treuherziger Blick, der gleiche Blick wie der seines Vaters, der doch alles andere als treuherzig war, berührte sie für einen kurzen Moment und zauberte ein Lächeln in ihr Gesicht. „Wagner, so nennt man alle in unserer Familie, die mit Nachnamen Wagner heißen." Sie mochte den Jungen auf Anhieb. Dennoch versuchte sie, dieses Gefühl für den Sohn ihres Mannes, der schließlich einer anderen Frau gehörte, krampfhaft zu verdrängen. Wirre Gedanken schwirrten ihr durch den Kopf, die von Christians erneuter Frage abrupt unterbrochen wurden.

„Aber wo ist denn der Papa jetzt geblieben?"

Ratloses Schweigen, nur ein paar Sekunden lang, bis es von Rosalia unterbrochen wurde. „Geh jetzt wieder in dein Zimmer, Christian. Wir Erwachsenen haben noch etwas miteinander zu besprechen."

„Ich möchte aber gerne wissen, wo ..."

Weiter kam der Junge nicht. „Du tust, was ich dir sage, und zwar sofort", herrschte ihn seine Mutter an, worauf er weinend aus dem Zimmer rannte. Die ungewöhnliche Kälte dieser Frau ihrem Sohn gegenüber jagte Ursula einen Schauer über den Rücken. Aus den Augenwinkeln registrierte sie, dass sich auch Karl nur mühsam zurückhalten konnte. Sein eindringlicher Blick signalisierte ihr jedoch, zu schweigen, was offenbar auch Christians Mutter mitbekommen hatte.

„Ihr wundert euch vielleicht, warum ich dem Jungen gegenüber so reagiere, aber er ...", sie rang vergeblich nach passenden Worten und fuhr dann fort, „ich will euch kein Theater vorspielen und schenke euch am besten gleich reinen Wein ein. Christian war alles andere als ein Wunschkind, müsst ihr wissen. Im Gegenteil, ich wollte ihn erst gar nicht zur Welt bringen, aber Norbert ..." Wieder schwieg sie. „Er hat mich richtig geködert mit Geld, damit ich das Kind nicht abtreiben lasse. Ich war mir damals der ganzen Tragweite dessen, was da auf mich zukommen würde, aber auch nicht richtig bewusst. Offen gestanden habe ich schon gegen das Kind im Mutterleib eine gewisse Abneigung empfunden, weil es mir meine Freiheit und Unabhängigkeit geraubt hat. Ich versorge den Jungen zwar, aber echte Mutterliebe, die habe ich eigentlich nie richtig für ihn empfunden, vielleicht auch, weil Christian sehr stark auf seinen Vater fixiert war, obwohl er ihn nur selten zu sehen bekommen hat. Mir gegenüber hat der Junge nie derart herzliche Gefühle gezeigt. Ich bin mir auch nicht sicher, ob ich sie überhaupt hätte erwidern können. Aber mit meinem jetzigen Mann habe ich zum ersten Mal eine wirklich gute Beziehung, bei der ich richtig

Liebe empfinden kann, vielleicht auch, weil uns beide die gleiche Mentalität sehr stark miteinander verbindet. Und ich freue mich auch sehr auf unser gemeinsames Kind. Das ist völlig anders als das, was ich damals bei Norbert und Christian empfunden habe. Mein Mann wird bald in die Vereinigten Staaten zurückverlegt und ich werde mit ihm gehen, um dort ein neues Leben zu beginnen. Erstmals ein Leben in geordneten Verhältnissen, was ich noch bis vor kurzem nie hatte. Aber der Junge ..., das müsst ihr bitte richtig verstehen, der Junge ist dabei leider ein Hemmschuh aus meiner Vergangenheit. Mein Mann Giuseppe und ich möchten auf keinen Fall, dass er unser Familienleben stört, wenn unser eigenes Kind auf der Welt ist. Christian akzeptiert meinen Mann leider überhaupt nicht als Vaterersatz. Zwischen den beiden gibt es daher auch häufig Spannungen. Wir wollen Christian in den USA zunächst bei einer Pflegefamilie unterbringen und wenn er dann etwas älter ist in einem Internat, in einem guten Internat selbstverständlich, denn Giuseppe ist bereits Colonel und damit jetzt schon in einem hohen Offiziersrang. Und er hat als Berufssoldat sehr gute Aussichten, in den nächsten Jahren noch weiter befördert zu werden, vielleicht sogar bis zum General."

Ursula war fassungslos. *Wie kann eine Mutter ihr eigenes Kind als Hemmschuh oder Störenfried bezeichnen und es freiwillig abgeben wollen,* dachte sie sich. Auch Karl schien ähnlich wie sie zu empfinden, denn er blickte die ganze Zeit schweigend unter sich und schüttelte kaum merklich seinen Kopf.

„Es gibt allerdings ein Problem. Christian und ich benötigen einige Dokumente für eine Einreise in die Staaten. Meine Unterlagen habe ich mit viel Mühe zum Glück inzwischen zusammenbekommen, aber von Christian habe ich überhaupt keine Unterlagen. Nach seiner Geburt war mir das auch völlig egal und ich habe Norbert den ganzen Papierkram überlassen. Kann es sein, dass sich in Norberts Unterlagen bei euch zu Hause etwas gefunden hat, denn ich bräuchte unbedingt eine Geburtsurkunde von Christian?"

Ursula wollte gerade zu einer Antwort ansetzen, als ihr Karl zuvorkam.

„Lass mich das bitte erklären, Ursula. Gibst du mir mal die Tasche mit den Unterlagen."

Sein fordernder Blick und der forsche Ton signalisierten ihr unmissverständlich, dass er eine bestimmte Absicht verfolgte und dass sie ihm wohl deswegen die Gesprächsführung überlassen sollte. Aber warum? Karl kramte in den Unterlagen, ohne sie aus der Tasche zu nehmen, und legte die Geburtsurkunde von Christian auf den Tisch.

„Na endlich, das ist ja prima, das hilft uns wirklich sehr", sagte Rosalia, nachdem sie einen flüchtigen Blick darauf geworfen hatte. „Ich lege sie gleich zu den anderen Papieren."

Karl schüttelte den Kopf. „Lies bitte erst mal, was drin steht."

Rosalias Reaktion ließ nicht lange auf sich warten. „Halt, da stimmt doch was nicht, als Mutter bin nicht ich, sondern eine Ursula Wagner eingetragen, aber das ist doch ...", sie stockte und sah Ursula an. „Wie kommt denn dein Name auf Christians Geburtsurkunde?"

Noch bevor Ursula etwas erwidern konnte, sagte Karl: „Das wissen wir leider auch nicht. Wir stehen genauso vor einem Rätsel. Wir haben die Urkunde erst nach Norberts Tod gefunden, außerdem nur noch ein paar Fotos und weiter nichts, keine Erklärung, kein Brief, einfach nichts. Vielleicht haben die beim Amt damals aus Versehen als Mutter den Namen von Ursula eingetragen."

„Mmh, das kann ich mir kaum vorstellen, aber selbst wenn, das müsste doch zumindest Norbert aufgefallen sein."

Karl zuckte mit den Schultern. „Wir haben wie bereits gesagt auch keine Erklärung dafür", beeilte er sich zu wiederholen.

„Und eine Geburtsbescheinigung der Hebamme, war die denn wenigstens mit dabei?"

„Nein, nur die Fotos hier." Karl, drückte Rosalia die Bilder in die Hand und deutete Ursula gleichzeitig mit dem Zeigefinger über seinen Lippen an, zu schweigen.

Christians Mutter warf nur kurz ein paar Blicke auf die Fotos und gab sie Karl zurück. „Schon seltsam. Aber was machen wir denn jetzt? Jetzt wird mir auch langsam klar, warum die vom Amt in Walden bei meinem Anruf vor ein paar Wochen wegen der Ausstellung einer Geburtsurkunde so merkwürdig reagiert haben. *Eine Geburt, bei der ich als Mutter angegeben worden wäre, sei hier nicht registriert*, hat mir der Beamte gesagt, *und weitere Auskünfte dürfe er mir deshalb auch nicht erteilen.* Dann hat er einfach den Hörer aufgelegt. Ich hatte danach noch versucht, mit der Hebamme Kontakt aufzunehmen, aber die ist in der Zwischenzeit umgezogen, aber wohin, das konnte mir niemand sagen. Wie soll ich denn jetzt bloß den Nachweis erbringen, dass ich Christians Mutter bin? Das geht doch gar nicht."

Karl nickte. „Muss das denn überhaupt sein, Rosalia?"

„Natürlich, ohne gültige Papiere können wir den Jungen nicht in die Staaten mitnehmen."

„Ja, aber willst du ihn denn auch wirklich mitnehmen? Ich meine, ist das dein Herzenswunsch?"

„Herzenswunsch?" Rosalia schüttelte den Kopf. „Nein, um ehrlich zu sein, aber ich kann den Jungen ja wohl kaum hier alleine zurücklassen."

Karl nickte. „Natürlich nicht. Ich fürchte, wir alle stehen momentan vor einem unlösbaren Rätsel. Ich möchte mich daher gerne mal mit Ursula in Ruhe alleine darüber unterhalten. Würde es dir etwas ausmachen, wenn ich mit ihr einen kleinen Rundgang durch die Siedlung mache und wir danach wieder zu dir hochkommen, sagen wir etwa in einer Stunde? Vielleicht fällt uns beiden ja dabei etwas Gescheites ein."

„Warum denn nicht? Ich bin ja froh, wenn ihr mir zu helfen versucht. Also dann in einer Stunde."

Ursula konnte es kaum erwarten, bis sie vor dem Hauseingang standen. „Sag mal, was ist denn mit dir los, Karl? Warum hast du sie denn angelogen und ihr verschwiegen, dass wir ..."

Karl winkte ab. „Hier nicht, Ursula, lass uns zu der Parkbank dort drüben gehen, denn ich möchte mich ungestört mit dir darüber unterhalten." Er wischte mit seinem Taschentuch den Blütenstaub von der Bank.

Ursula setzte sich und schwieg für ein paar Sekunden. Dann blickte sie Karl auffordernd an. „Na los, sag schon, warum du dich eben so merkwürdig benommen hast."

„Gleich, Ursula, aber zuerst musst du mir noch ein paar Fragen beantworten."

„Ich soll dir ein paar Fragen beantworten? Ich habe Fragen an dich, Karl!"

„Aber du wirst meine Antworten darauf dann sicher besser verstehen. Tu mir bitte den Gefallen."

Ursula seufzte. „Na schön. Dann leg mal los."

„Glaubst du, dass Christian Norberts leiblicher Sohn ist?"

Ursula nickte. „Kein Zweifel."

„Glaubst du, dass es dem Jungen gut bei seiner leiblichen Mutter geht und dass er gerne bei ihr ist?"

„Natürlich nicht, ich denke, was diese Frau da gerade eben von sich gegeben hat, das war ja wohl unmissverständlich. Sie will den Jungen einfach hergeben. Ich frage mich offen gestanden, ob das nicht sogar das Beste für Christian wäre, natürlich nur, wenn er zu Leuten käme, die ihm auch richtige Zuneigung und Liebe schenken können."

Karl nickte. „Das denke ich auch."

„Bist du jetzt endlich mit deinen Fragen fertig?"

„Nein, die wichtigsten fehlen noch. Möchtest du, dass Norbert noch nach seinem Tod wegen einer Personenstandsfälschung entlarvt wird?"

„Personenstandsfälschung, was ist denn das?"

„Ganz einfach, Ursula. Wenn man einer Behörde gegenüber, von der man ein amtliches Dokument benötigt wie zum Beispiel eine Geburtsurkunde, bewusst unrichtige Angaben über die familienrechtlichen Verhältnisse einer Person macht, dann nennt man das Personenstandsfälschung. Das ist eine Straftat. Und Norbert hat damals bei der Geburtsanmeldung bewusst falsche Angaben gemacht. Wenn wir das bei der zuständigen Behörde bekannt machen würden, dann würde er nach seinem Tod nicht nur als Ehebrecher und Vater eines unehelichen Kindes, sondern obendrein noch als Betrüger entlarvt werden und du würdest von einigen lieben Mitmenschen vordergründig zwar Mitleid, aber hinter vorgehaltener Hand nur Häme und Spott ernten. Möchtest du das?"

Ursula schlug entsetzt die Hände vors Gesicht. „Nein, das möchte ich auf gar keinen Fall, aber wie könnten wir das denn verhindern, ich meine, wir müssen doch ..."

„Wir müssen gar nichts", unterbrach sie Karl. „Nur noch zwei Fragen, und dann sage ich dir, wie wir das vielleicht verhindern können. Du hast uns doch mal erzählt, dass du am liebsten ein kleines Mädchen bei dir zu Hause aufgenommen hättest. Ich weiß den Namen von dem Kind leider nicht mehr. Erinnerst du dich?"

„Natürlich erinnere ich mich. Du meinst die kleine Roswitha im Waisenhaus, aber bei aller Liebe, Karl, was soll diese Frage jetzt?"

„Hast du damals Zuneigung und Liebe für dieses Kind empfunden, Ursula?"

„Oh ja, sehr große Liebe sogar. Es hat mir fast das Herz gebrochen, als ich gehört habe, dass sie nicht mehr da ist, obwohl

177

ich ja wusste, dass ich keine Chance bekommen würde, als alleinstehende Witwe ein fremdes Kind anzunehmen."

„Und wenn du doch eine bekommen hättest, hättest du sie dann genutzt?"

„Was für eine Frage, ich hätte nicht eine Sekunde gezögert. Aber jetzt will ich endlich von dir wissen, was in deinem Kopf vor sich geht, Karl. Du sprichst die ganze Zeit in Rätseln für mich."

„Und wenn ich des Rätsels Lösung wüsste? Pass auf, ich wiederhole einfach noch mal kurz, was wir beide eben übereinstimmend festgestellt haben. Die leibliche Mutter liebt ihren Sohn nicht und will ihn weggeben, wir wollen nicht, dass Norberts Ruf beschädigt wird und du würdest ein fremdes Kind bei dir aufnehmen, wenn das möglich wäre."

Ursula schüttelte den Kopf. „Was redest du denn da für einen zusammenhanglosen Unsinn, Karl. Bei aller Liebe, ich fürchte fast, dass du dir bei diesem schönen Wetter einen Sonnenstich eingehandelt hast."

Karl konnte sich ein Schmunzeln nicht verkneifen. „Ich würde es eher als einen Geistesblitz bezeichnen."

In Ursula begann urplötzlich eine Ahnung aufzusteigen, was ihrem Schwager im Hinterkopf herumschwirren könnte. „Sag mal, du denkst doch nicht wirklich, dass ich dieses uneheliche Kind von meinem verstorbenen Mann bei mir aufnehmen sollte?"

Karl schwieg und starrte zu Boden. Dennoch sah Ursula Tränen in seinen Augen, zum zweiten Mal an diesem Tag. „Ich weiß, dass das jetzt für dich unvorstellbar ist. Aber es wäre für alle Betroffenen das Beste, für den Jungen, für die leibliche Mutter, auch für …", er schwieg eine Weile und fuhr dann fort, „da ist noch jemand, der sich offen gestanden nichts mehr wünschen würde, Ursula."

„Noch jemand, ja wer denn um Himmels Willen?"

„Er sitzt neben dir."

„Du? Wieso denn du, Karl?"

„Aus drei Gründen. Zum einen, weil ich genau so wie du vermeiden möchte, dass Norberts Ruf und Ehre verletzt wird, auch nicht nach seinem Tod. Der zweite Grund ist, dass ich als Onkel von dem Jungen vom ersten Moment an, als ich Christian gesehen habe, Zuneigung und auch Verantwortung für ihn empfunden habe, fast wie ein Vater. Ich würde dieser Verantwortung am liebsten nachkommen und den Jungen in meiner Familie aufnehmen, aber das steht leider nicht in meiner Macht."

„Und was ist der dritte Grund, Karl?"

„Ich möchte auf jeden Fall mit dazu beitragen, dass Christian in gute Hände kommt und ...", er schwieg ungewöhnlich lange und starrte vor sich auf den Boden. Dann blickte er Ursula an und sagte: „Könntest du dir denn nicht doch vorstellen, den Jungen bei dir aufzunehmen?" Er lachte trocken. „Immerhin bist du ja von Amts wegen seine Mutter, Ursula. Das war vielleicht jetzt eine etwas unpassende Bemerkung von mir, aber wenn wir dieser Frau jetzt die Geburtsbescheinigung der Hebamme zeigen, wird vermutlich eine Lawine losgetreten, die für alle Betroffenen sehr unangenehm werden und ungeahnte Folgen nach sich ziehen könnte, die am Ende vielleicht sogar dem kleinen Christian am meisten schaden würden. Wir sollten daher auf keinen Fall diese

179

Bescheinigung erwähnen und stattdessen die Mutter davon überzeugen, alles so zu belassen, wie es in der amtlichen Geburtsurkunde steht. Wer weiß, vielleicht ist sie am Ende sogar froh darüber, wenn sie auf diese Art die Verantwortung für den Jungen so schnell und einfach abgeben kann. Wir haben doch beide gehört, dass Christian letztlich nur eine Belastung für sie darstellt. Hemmschuh hat sie sogar gesagt. Wir müssten sie nur noch davon überzeugen, dass es das Beste für sie und auch für den Jungen wäre."

Ursulas Blicke sprachen Bände. „Weißt du eigentlich, was du gerade von mir verlangst, Karl. Nein, das kannst du nicht wissen, mein lieber Schwager. Du mutest mir zu, dass ich das Kind einer fremden Frau, mit der mich Norbert über Jahre betrogen hat, bei mir aufnehme, nur damit du dein Gewissen als treusorgender Onkel beruhigen kannst."

Karl schüttelte den Kopf. „Jetzt tust du mir aber wirklich unrecht, denn um mich geht es dabei am allerwenigsten. Es geht vielmehr um das Kind deines verstorbenen Mannes, der dich trotz allem, was er angerichtet hat, sehr geliebt hat, wie er dir ja auch in seinen Briefen versichert hat. Norbert hat seine Fehler zutiefst bereut und dich um Verzeihung gebeten. Er hat dich und mich auch gebeten, nach dem Jungen zu sehen, bevor es zu spät ist. Jetzt weiß ich, was er damit gemeint hat. Er weiß, dass sie den Jungen loswerden will. Daher hat er mir auch …, ich hatte vorhin von einem Geistesblitz gesprochen, Ursula, aber mein Gefühl sagt mir, dass Norbert der eigentliche Auslöser für diesen Geistesblitz war. Es ist seine Idee und sein sehnlichster Wunsch, den er über mich transportiert hat."

„Und das sagst ausgerechnet du, wo du noch vor kurzem dieser Geisterpost aus dem Jenseits, wie du immer zu sagen pflegst, kaum Glauben schenken wolltest?"

„Ja, aber all das, was im letzten Brief steht, hat sich als zutreffend erwiesen, wie wir gerade eben feststellen konnten. Mehr Beweise brauchen wir wirklich nicht mehr. Was meinst du dazu?"

Ursula schwieg lange. Dann blickte sie ihren Schwager an und erwiderte: „Nein, das ist doch alles völlig absurd, was du dir da ausgemalt hast. Verrückt, einfach verrückt, Karl. Nein, das kann ich nicht und das will ich auch nicht."

„Dein letztes Wort?"

„Mein letztes Wort!"

„Nun, dann muss man das so akzeptieren und dem Schicksal seinen Lauf lassen, was immer auch mit Norberts Ruf und mit seinem Sohn passieren wird. Wir gehen dann gleich nochmal zu ihr und händigen ihr die Geburtsbescheinigung der Hebamme aus. Ich sage ihr einfach, wir hätten sie beim nochmaligen Durchsuchen der Unterlagen jetzt erst entdeckt. Klingt zwar wenig glaubwürdig, aber das spielt jetzt auch keine Rolle mehr." Dann erhob er sich und machte Anstalten, wieder zurück in Richtung des Wohngebäudes zu gehen, ohne auf Ursula zu warten. Die blieb ein paar Sekunden wie erstarrt auf der Bank sitzen und rief ihm dann nach: „Warte, Karl. Komm bitte noch mal zurück."

Als er sich betont langsam nach ihr umdrehte und sie fragend anschaute, glaubte sie, ein unterdrücktes Lächeln in seinem Gesicht bemerkt zu haben, zumindest für einen kurzen Moment.

„Was ist, worauf wartest du?"

„Setz dich bitte noch mal zu mir. Mir ist da gerade ein Gedanke gekommen. Was hältst du davon, wenn wir Mutter und Sohn einfach mal zu uns nach Hause einladen? Ich meine, der Junge sollte wenigstens wissen, wo und wie sein leiblicher Vater gelebt hat und wer sonst noch zur Familie Wagner gehört. Meinetwegen kann Christian dann auch ein paar Tage bei uns bleiben, wenn er das möchte, falls seine Mutter damit einverstanden sein sollte."

„Mmh, warum nicht, aber was machen wir mit der Geburtsbescheinigung?"

„Ach die? Na ja, wir müssen sie ihr ja nicht schon heute zeigen. Das können wir ja dann tun, wenn sie zu uns kommt. Ich meine, das klingt doch auch viel glaubwürdiger, wenn wir sagen, dass wir sie beim Durchsuchen zu Hause zwischen anderen Unterlagen entdeckt haben, oder?"

Karl nickte. „Klingt vernünftig. Dann lass zu uns mal zu ihr zurückgehen, Ursula."

Kapitel 23: Rückkehr

Helga bügelte gerade Wäsche, als Ursula und Karl am späten Nachmittag aus Hollstädten zurückkehrten „Na, habt ihr die beiden gefunden?", fragte sie. „Ihr seht müde aus, soll ich euch eine Tasse Kaffee machen, denn fürs Abendessen ist es noch ein bisschen zu früh, oder?"

„Ein Kaffee wäre nicht schlecht, aber bitte nichts zu essen, denn bei Karls Fahrstil ist mir der Appetit fürs Erste vergangen", erwiderte Ursula.

Helga grinste. „Das kenne ich, er glaubt immer noch, wie früher mit Vollgas durch die Gegend brausen zu müssen."

„Das kann man wohl sagen. Mir tun jedenfalls alle Rippen weh."

Während sie ihren Kaffee tranken, berichtete Karl, was sie in Hollstädten erlebt hatten.

„Und der Junge, gleicht er Norbert denn auch ein bisschen?", fragte Helga.

Karl nickte und deutete auf das Foto an der Wand. „Und wie, Christian sieht ganz genau so aus wie wir beide damals, er hat nur etwas dunklere Haare."

„Und die Mutter?"

„Eine Italienerin, aber sie ist in Deutschland aufgewachsen. Wirklich nicht unattraktiv, die Frau. Sie lebt mit einem amerikanischen Soldaten zusammen, von dem sie ein Kind erwartet. Nächsten Sonntag wirst du sie kennenlernen. Sie kommt uns besuchen und bringt auch den Jungen mit. Er kann hier für ein paar Tage zu Besuch bleiben, falls er das möchte."

Aus Helgas Blicken ließ sich unschwer ablesen, dass es ihr offenbar Mühe bereitete, Karls Bemerkungen nicht näher zu kommentieren. „Aha! Und dann? Ich meine, wie seid ihr denn jetzt verblieben?", fragte sie.

„Endgültig geklärt ist noch gar nichts. Wir warten erst mal den Besuch ab."

Ursula räusperte sich. „Seid mir nicht böse, wenn ich gleich ins Häuschen rüber gehe, aber mir tun wirklich alle Knochen weh. Außerdem bin ich müde und muss morgen früh schon wieder um sechs Uhr im Waisenhaus sein."

Helga nickte. „Natürlich musst du dich ausruhen, Ursula, das war alles ein bisschen zu viel, was da in letzter Zeit auf dich eingestürmt ist. Dann bis morgen, schlaf gut", sagte sie und begleitete ihre Schwägerin, die einer weiteren Unterhaltung offensichtlich aus dem Weg gehen wollte, noch zur Tür. Kaum war Ursula weg, brach es aus ihr heraus. „Sag mal, spinnst du, Karl? Du kannst ihr doch nicht allen Ernstes abverlangen, das Kind, das Norbert mit einer anderen gezeugt hat, bei sich aufzunehmen und großzuziehen. Kannst du dir nur ansatzweise vorstellen, wie es in ihr aussehen muss? Nein, das kannst du nicht, du Rohling", gab sie sich selbst die Antwort. „Und dann auch noch Norberts Geliebte hierher einzuladen, ich fasse es nicht."

„Das war aber Ursulas Idee, ich meine das mit der Einladung", erwiderte Karl kleinlaut. „Natürlich kann ich mir vorstellen, was sie jetzt durchmacht. Ich bin auch kein Rohling, wie wohl niemand besser beurteilen kann als du. Aber ich denke halt auch an die Zukunft, was dir offenbar nicht in den Sinn kommt. Mal völlig abgesehen von dem ganzen Zirkus, den wir lostreten, wenn wir das Problem mit der falschen Angabe in der amtlichen Geburtsurkunde und der bisher verschwiegenen Geburtsbescheinigung der Hebamme tatsächlich noch aufdecken, glaubst du denn im Ernst, dass Ursula das ungewisse Schicksal von Norberts Jungen irgendwo bei fremden Menschen in Amerika kalt lassen würde und dass sie Norberts letzte Bitte einfach so ignorieren könnte? Ich sage dir, was passieren würde, Helga, weil ich sie viel besser kenne, als du glaubst. Sie würde sich immer fragen, wie es dem Jungen jenseits des großen Teiches und dem Geist ihres Mannes in einer anderen Welt deshalb geht. Sie würde sich bestimmt bittere Vorwürfe machen und irgendwann daran zerbrechen, so wie Norbert an seinen Fehlern zerbrochen ist. Aber wenn es ihr gelingen sollte, über ihren eigenen Schatten zu springen, der sicherlich riesengroß ist, dann könnte sie damit über Norberts Tod hinaus unter Beweis stellen, dass sie ihn trotz allem noch liebt und ihm verzeiht. Nicht nur das, wir beide wissen, wie sehr sie Kinder liebt und wie gut sie mit ihnen umgehen kann. Wir wissen auch, wie sehr sich Norbert und sie Kinder gewünscht haben. Und für das, was ich dir jetzt zum Schluss noch sage, wirst du mich dann wohl endgültig für verrückt erklären. Ich sage es trotzdem aus voller Überzeugung. Sie würde die einmalige und sicherlich auch letzte Gelegenheit erhalten, doch noch ein Kind zu bekommen, sogar ein Kind von ihrem Mann, auch wenn es neun Monate in einem anderen Mutterleib gewachsen ist. Sie kann Christian ihre ganze Liebe und Aufmerksamkeit schenken. Ich bin mir auch ganz sicher, dass der Junge, der bisher noch keine richtige Mutterliebe kennt, dafür dankbar sein und sie in vollem Umfang erwidern würde. Und wenn du jetzt noch einmal Rohling zu mir sagst, dann ..." Karl brachte den Satz nicht zu Ende und starrte schweigend aus dem Fenster.

Helga ging auf ihn zu und küsste ihn. Er spürte die Tränen auf ihren Wangen. „Es klingt zwar abenteuerlich, aber ich glaube, an dem, was du gerade gesagt hast, ist tatsächlich etwas dran", sagte sie. „So weit habe ich in meiner Rage eben wirklich nicht gedacht. Nur wie du manchmal etwas sagst, das ist das Problem. Du bist zwar ein Muffel und manchmal auch ein Stoffel, aber den Rohling nehme ich zurück."

„Muffel und Stoffel genügen auch völlig", knurrte Karl, was Helga lachend quittierte.

„Ich werde selbst mal mit Ursula unter vier Augen darüber sprechen. Ich glaube, dass eine Frau ihr so etwas gefühlvoller vermitteln kann als ein Mann, denn Diplomatie ist nun mal nicht unbedingt deine Stärke. Mal sehen, wie sie bei mir darauf reagieren wird."

Kapitel 24: Gespräch mit der Oberin

„Setzen Sie sich bitte, Frau Wagner", sagte Schwester Rutharda und deutete auf den Besucherstuhl vor ihrem Schreibtisch. „Ich habe einen Anruf aus Memich bekommen, leider keine gute Nachricht, um es vorweg zu sagen."

„Wegen Helene? Was ist denn mit ihr, ist sie krank?"

Die Oberin schüttelte den Kopf ohne ein Wort zu sagen. Erst jetzt bemerkte Ursula, dass sie kreidebleich war, keine Spur von rosigen Wangen und auch kein lustiges Blinzeln in ihren Augen wie sonst. Fast schien es ihr, als wäre die Nonne über Nacht um Jahre gealtert.

„Geht es Ihnen nicht gut, Schwester Oberin?"

„Nein, es geht mir nicht gut. Wegen Helene geht es mir nicht gut."

In ihr stieg plötzlich eine böse Vorahnung auf. „Wegen Helene, ist ihr denn etwas Schlimmes passiert?"

Die Oberin nickte. „Sie ist tot, Frau Wagner?"

„Was sagen Sie da, tot? Ja, um Himmels Willen, wie ist das denn passiert?"

Schwester Rutharda schüttelte den Kopf. „Ich weiß es nicht oder besser gesagt, ich kann es kaum glauben, was mir gesagt wurde."

„Und was haben die Ihnen gesagt?"

„Herzversagen. Helene wäre an Herzversagen gestorben."

„Herzversagen? Das gibt es doch gar nicht, eine junge Frau, die kerngesund war. Wann ist sie denn gestorben?"

„Leider schon vor ein paar Tagen. Sie wurde gestern bereits beerdigt."

„Gestern schon, aber wieso hat man Sie denn nicht früher darüber informiert, Schwester Rutharda? Und wo ist sie denn begraben?"

Die Nonne schüttelte den Kopf. „Das habe ich natürlich auch gleich gefragt, aber nur eine ausweichende Antwort darauf bekommen. Angeblich hat man es tagelang versehentlich immer wieder mit einer falschen Vorwahl versucht, aber ..." Sie schüttelte den Kopf. „So etwas kann man glauben, aber man muss es nicht, finde ich. Beerdigt wurde Helene jedenfalls auf dem Friedhof bei der Klinik."

Ursula nickte. „Ich weiß gar nicht, was ich jetzt sagen soll. Alles kommt mir so unwirklich vor. Ich kann einfach nicht glauben, was dort mit ihr passiert ist, und ich kann im Moment nicht einmal Schmerz oder Trauer um Helene empfinden. Ich hatte von Anfang an kein gutes Gefühl und mache mir solche Vorwürfe, dass ich es war, die sie dorthin gebracht hat."

„Sie brauchen sich wirklich keine Vorwürfe zu machen, Frau Wagner, denn dafür trage ich alleine die Verantwortung, und glauben Sie mir, daran habe ich sehr schwer zu tragen. Ich hatte so gehofft, dass man ihr dort soweit helfen könnte, dass sie eines Tages zu einem selbstständigen und halbwegs normalen Leben fähig wäre, weil ich irgendwann nicht mehr da sein werde, um mich um sie zu kümmern. Das war ein großer Fehler, den ich leider nicht mehr gut machen kann. Mein Herz und mein

Verstand sagen mir jetzt, dass ich wohl doch schon zu alt dafür bin, um der Verantwortung für die vielen Menschen hier noch länger gerecht werden zu können. Ich will deshalb spätestens zum Ende dieses Jahres die Heimleitung in jüngere Hände abgeben. Möchten Sie mit mir in die Kapelle gehen, um für Helene zu beten?"

„Eigentlich schon, aber ich kann doch die Kinder nicht so lange alleine lassen."

„Rebecca kümmert sich schon um sie. Sie kommt sicher auch noch für eine Weile gut alleine mit ihnen zurecht. Kommen Sie bitte mit, Frau Wagner."

In der Kapelle betete die Oberin den Rosenkranz für die Verstorbene, während Ursula mit geschlossenen Augen stumm neben ihr kniete. Bilder von den wenigen Monaten, die sie im Waisenhaus mit Helene verbringen durfte, gingen ihr durch den Kopf. Ihr sanftes Wesen, die Wärme und Herzlichkeit, die sie stets ausstrahlte, waren mit einem Schlag ausgelöscht, ebenso wie die Verbindung zu Norbert, was ihr erst jetzt richtig bewusst wurde. Schmerz und Trauer, die sie noch vor wenigen Minuten nicht zu empfinden vermochte, machten sich jetzt umso heftiger bemerkbar und lösten einen heftigen Weinkrampf bei ihr aus.

Schwester Rutharda legte den Arm um sie und flüsterte: „Lassen Sie uns ein wenig hinaus in den Garten gehen. Die frische Luft wird Ihnen sicherlich gut tun."

Draußen setzten sie sich auf eine Bank. Die Nonne saß eine Weile schweigend neben ihr. Dann sagte sie: „Lassen Sie bitte ihren Gefühlen einfach freien Lauf, Frau Wagner. Sie haben offenbar großen Kummer und das nicht nur wegen Helene. Habe ich recht?"

Ursula nickte.

„Ich spüre schon eine ganze Weile, wie bedrückt Sie sind, obwohl Sie bemüht sind, sich anderen gegenüber nichts anmerken zu lassen. Aber eine alte Frau wie ich kann so etwas spüren. Ich verrate Ihnen jetzt etwas, was ich Ihnen nie gesagt hätte, wenn Helene noch leben würde. Ich hatte sie einmal im Aufenthaltsraum erwischt, als sie sich an Ihrer Tasche zu schaffen machte. Ich hatte zunächst den dummen Verdacht, dass Sie Ihnen vielleicht etwas aus der Tasche nehmen wollte und sie deshalb auch sofort deswegen zur Rede gestellt. Aber Helene hatte mich nur kopfschüttelnd angeschaut und erwidert: *Aber ich nehme doch meiner Freundin nichts weg, ich habe ihr bloß einen Brief in die Tasche gesteckt.* Als ich sie dann gefragt habe, von wem denn der Brief sei, ist sie einfach weggerannt. Um ehrlich zu sein, auch das war ein wichtiger Grund, warum ich Helene in die Klinik nach Memich habe einweisen lassen, denn ich hatte Angst, dass sie vielleicht irgendwann völlig die Kontrolle über sich verlieren und große Dummheiten anstellen könnte. Haben Sie denn einmal einen Brief in Ihrer Tasche gefunden? Falls ja, möchten Sie mir vielleicht sagen, was es mit diesem Brief auf sich hat? Ich glaube nämlich, dass Sie sich seit dieser Zeit so verändert haben."

Schlagartig hörte Ursula auf zu weinen und wischte sich mit den Handrücken die Tränen ab. „Nein! Das kann ich nicht."

„Ich will Sie nicht bedrängen, aber ich denke, es wäre gut für Sie, Ihrem Herzen einmal richtig Luft zu machen. Ich möchte Ihnen doch gerne helfen."

Ursula starrte eine Weile vor sich auf den Boden. „Können Sie mir bitte fest versprechen, keinem Menschen etwas davon zu verraten, was ich Ihnen jetzt anvertrauen möchte?"

„Aber sicher doch, ich bin zwar kein Priester, aber wenn Sie mir jetzt etwas beichten möchten, werde auch ich mich als Ordensfrau dem Beichtgeheimnis genauso verpflichtet fühlen."

„Also gut, aber das wird eine lange Geschichte werden, Schwester Rutharda."

„Es ist Mittagszeit, Frau Wagner, und wir beide werden jetzt eine längere Mittagspause in meinem Büro machen, damit uns niemand stört. Und wir beide werden selbstverständlich die Zeit, die wir dafür verwenden, nacharbeiten. Einverstanden?"

„Einverstanden, Schwester Oberin!"

„Na prima, worauf warten wir dann noch? Lassen Sie uns gleich reingehen."

Die Nonne ließ Ursula ihre Geschichte erzählen und unterbrach sie nur ab und zu, um eine Zwischenfrage zu stellen.

„Ich bin seelisch am Ende, Schwester Rutharda. Erst habe ich meinen Mann verloren, dann habe ich über die Briefe erfahren, dass er mich jahrelang mit einer anderen Frau betrogen und sogar ein Kind mit ihr gezeugt hat. Auch die kleine Roswitha habe ich verloren, den Tod von Helene soll ich verkraften und dann versucht mir mein Schwager auch noch einzureden, dass ich das Kind dieser fremden Frau bei mir aufnehmen soll. Das ist einfach zu viel für mich, das schaffe ich nicht. Am liebsten würde ich mich ..."

„Halt, so etwas dürfen Sie noch nicht einmal denken, geschweige denn aussprechen", fuhr die Oberin energisch dazwischen. „Es gibt immer einen Weg, selbst aus dem tiefsten Jammertal führt immer ein Weg ans Licht."

„Für mich nicht, Schwester."

Die Nonne lächelte. „Oh doch, man darf sich bloß nicht in sein Schicksal ergeben und sich selbst bemitleiden, sondern man muss so lange nach einem Ausweg suchen, bis sich irgendwo eine Tür öffnet. Ich sehe durchaus einen Ausweg für Sie, weil ich nicht nur über eine große Lebenserfahrung, sondern auch über eine entsprechend große Menschenkenntnis verfüge, was sicherlich meinem hohen Alter und meiner Lebensaufgabe geschuldet ist. Und ich habe im Gegensatz zu Ihnen auch den nötigen Abstand zu Ihren Problemen und damit vielleicht auch einen besseren Weitblick."

„Wenn das so ist, Schwester Oberin, dann sagen Sie mir bitte, was ich tun soll, denn ich weiß es wirklich nicht."

„Nein, das tue ich nicht, denn ich habe nicht das Recht, jemand wichtige Entscheidungen in seinem Leben abzunehmen, auch Ihnen nicht, Frau Wagner, zumal ich für die daraus resultierenden Folgen ja auch keine Verantwortung übernehmen könnte. Aber wenn Sie möchten, dann kann ich Ihnen gerne etwas über meine Sicht der Dinge verraten."

„Ja, tun Sie das bitte, Schwester Rutharda, vielleicht hilft mir das ja auch schon ein bisschen."

„Also gut. Ich sehe da eine Frau vor mir sitzen, die Kinder über alles liebt, sonst hätte sie sich nicht für die Arbeit hier im Waisenhaus entschieden. Das Glück, eigene Kinder mit ihrem zwischenzeitlich verstorbenen Mann zu haben, wurde ihr, aus welchen Gründen auch immer, nicht zuteil. Leider ist sie auch nicht mehr jung genug, um mit einem anderen Mann eigene Kinder zu bekommen, und leider hat sie auch keine Chance, als alleinstehende Witwe ein fremdes Kind anzunehmen, denn sonst hätte sie einem kleinen Mädchen hier aus dem Waisenhaus sicherlich ein gut behütetes Leben in einem liebevollen Zuhause geschenkt." Die Nonne blickte sie fragend an. „Können Sie meiner Beschreibung so weit zustimmen, Frau Wagner?"

Ein zustimmendes Nicken signalisierte ihr, mit ihren Ausführungen fortzufahren.

„Gut, dann mache ich mal weiter. Ich sehe da auch eine Frau vor mir, die auf mysteriöse Weise erst nach dem Tod ihres Mannes erfahren hat, dass sie von ihm betrogen wurde und dass er mit einer Fremden ein Kind gezeugt hat. Völlig zu Recht fühlt sich die Frau deshalb schwer gedemütigt und in ihrer Ehre tief verletzt. Da ihr Mann jedoch nicht mehr lebt, hat sie keine Möglichkeit mehr, sich mit ihm unter vier Augen darüber zu unterhalten, ihn deswegen zur Rede zu stellen, ihm Vorwürfe zu machen, ihm zu verzeihen oder sich meinetwegen auch von ihm zu trennen. Stimmen Sie mir auch diesbezüglich zu?"

Wieder nur ein stummes Nicken als Antwort.

„Ich sehe noch etwas Wichtiges, allerdings nur vor meinem geistigen Auge. Ihr Mann hat für den Rest seines Lebens unter seinen Fehlern, unter der gefühlten Schuld und unter seiner

Angst, dies zuzugeben, so sehr gelitten, dass er vermutlich daran zerbrochen und gestorben ist. Doch unser Schöpfer hat es ihm ermöglicht, Ihnen über ein Medium alles noch beichten zu können, Sie um Verzeihung zu bitten und Ihnen zu vermitteln, wie sehr er Sie liebt. Warum unser Schöpfer ihm das ermöglicht hat, das kann ich nur erahnen oder vermuten. Ich hoffe daher inständig, dass er es mir nicht verübeln wird, wenn ich wage, es dennoch offen auszusprechen."

„Bitte tun Sie das, Schwester Oberin."

„Wissen Sie, Frau Wagner, ich glaube nicht, dass es dem lieben Gott primär um Schuld und Sühne dabei geht. Ich denke mir, ausschlaggebend für ihn war wohl, dass es der größte Wunsch Ihres Mannes ist, wenn sich die Frau, die hier gerade vor mir sitzt, um seinen Jungen kümmert und ihn zu sich nimmt, auch wenn er das in seinen Briefen nicht so eindeutig ausgedrückt hat. Ich verstehe jedenfalls seine Bitte an Sie und Ihren Schwager, sich um den Jungen zu kümmern, so. Ihr Schwager tut das wohl auch, wenn ich Sie richtig verstanden habe. Das Pfand, das Ihr verstorbener Mann beim lieben Gott offensichtlich hat, ist wohl, dass es ihm über seinen körperlichen Tod hinaus wichtig ist, dass sein Sohn nicht länger unter dieser unglückseligen Geschichte leiden muss und endlich in gute Hände kommt. Und die guten Hände, das sind Sie, Frau Wagner, und das ist natürlich auch Ihr Schwager. Es ist nur eine Vermutung, ein Gefühl, nichts weiter. Halten Sie es für völlig abwegig, dass es so sein könnte?"

„Nein, das nicht, aber ..."

„Lassen Sie mich bitte zu Ihrem *aber* noch etwas sagen, denn ich bin dann auch schon am Ende mit meiner Sicht der Dinge", wurde sie von der Oberin unterbrochen. „Ich glaube fest daran, dass die Frau, die hier vor mir sitzt, liebend gerne ein Kind bei sich aufnehmen möchte, fast jedes Kind, aber bloß nicht das Kind dieser Frau, mit der ihr Mann die Ehe gebrochen und sie damit so gedemütigt hat. Stimmen Sie mir auch darin zu?"

Ursula reagierte zunächst völlig sprachlos, dann nickte sie. „Ja, ganz genau. Das ist tatsächlich mein größtes Problem, um ehrlich zu sein. Aber das ist mir erst jetzt richtig bewusst geworden, jetzt gerade, als Sie es ausgesprochen haben."

Die Nonne nickte. „So weit, so gut, oder auch so schlecht. Ich möchte jetzt ein kleines Experiment mit Ihnen machen. Wir tauschen einfach mal in Gedanken die Rollen. Also ich an Ihrer Stelle würde mich jetzt fragen, was mir wichtiger ist, das heißt, ob ich für den Rest meines Lebens die erlittene Kränkung und Demütigung vor mir hertragen will wie eine Monstranz, oder ob ich über meinen Schatten springen, meinem Mann verzeihen und ihm seinen sehnlichsten Wunsch erfüllen soll. Vielleicht würde ihm das ja weiterhelfen, wo auch immer er sich jetzt befinden mag. Ganz sicher aber würde es seinem Jungen helfen und wohl auch dessen leiblicher Mutter. Und wenn ich mir damit selbst auch noch meinen sehnlichsten Wunsch nach einem Kind erfüllen könnte, ein Kind von meinem eigenen Mann sogar, auch wenn es nicht bei mir im Mutterleib war, was würden Sie mir dann raten, Frau Wagner?"

„Ich, äh, ich muss gestehen, dass ich Ihnen darauf jetzt wirklich keine vernünftige Antwort geben kann."

„Das habe ich auch nicht ernsthaft erwartet. Nur eine Antwort hätte ich gerne von Ihnen."

„Und die wäre?"

„Halten Sie meine Sicht der Dinge für völlig abwegig oder meinetwegen auch blödsinnig oder idiotisch?"

„Nein, aber ..."

„Kein aber, Frau Wagner, ich möchte nur, dass Sie über unser Gespräch nachdenken, das ja nichts weiter war, als Ihnen meine Sicht der Dinge zu vermitteln. Mehr nicht." Ihr Blick fiel auf die Uhr. „Du liebe Güte, es ist ja schon nach vierzehn Uhr. Seien Sie mir nicht böse, aber jetzt habe ich wirklich keine Zeit mehr, denn ich muss mich dringend noch um die Buchhaltung kümmern. Ein Gräuel für mich, aber das muss nun mal vordringlich gemacht werden."

„Natürlich, ich muss ja auch wieder zu meinen Kindern zurück. Vielen Dank für die Zeit, die Sie sich für mich genommen haben, Schwester Oberin."

„Gerne, Frau Wagner. Denken Sie bitte mal in Ruhe über meine Sicht der Dinge nach. Alles Gute für Sie."

Kapitel 25: Der Besuch

„Oh Schreck, da kommen sie", sagte Ursula und drückte sich für einen kurzen Moment ängstlich an ihren Schwager. Fast zwanzig Minuten hatte sie schweigend aus dem Küchenfenster auf das Gartentor gestarrt, das den kleinen Vorgarten ihres Häuschens zum Brunnenweg hin abgrenzte. Sie hatte Karl darum gebeten, rechtzeitig vorher zu ihr zu kommen, weil sie Rosalia und Christian nicht alleine gegenübertreten wollte. In diesen zwanzig Minuten ließ sie die Gespräche mit Schwester Rutharda sowie mit Helga und Karl noch einmal Revue passieren. Die Argumente, die dafür oder dagegen sprachen, hatte sie bestimmt hundertmal versucht, sorgfältig gegeneinander abzuwägen, aber trotzdem war sie immer wieder zu einem anderen Ergebnis gekommen. *Vielleicht nimmt dir ja die leibliche Mutter die Entscheidung ab und spricht sich dagegen aus, den Jungen hier zu lassen*, kam ihr in den Sinn, wovor sie im selben Moment heftige Angst verspürte. Sie zitterte vor Aufregung, als es an der Haustür klopfte. „Mein Gott, wie sollen wir ihr das denn bloß beibringen, Karl?", flüsterte sie.

„Mach dir keine Sorgen, Ursula, ich habe vorgestern mit ihr telefoniert, um sie schon mal darauf vorzubereiten. Sie weiß also, um was es geht. Ich werte es jedenfalls als ein positives Signal, dass sie die Einladung deswegen nicht abgelehnt hat. Los, nun mach endlich die Tür auf", sagte er, als es erneut klopfte.

„Schön, dass ihr gekommen seid", begrüßte sie Christians Mutter, die den Jungen an der Hand hielt. „Wollte dein Mann nicht mitkommen?"

„Nein, er war der Meinung, dass wir uns besser zuerst mal alleine darüber unterhalten sollten, wie es weitergehen soll mit Christian. Aber er will mich in ein paar Stunden von hier wieder abholen, um sich auch einen kurzen Eindruck zu verschaffen."

„Schön, aber kommt doch erst mal rein und setzt euch, ihr habt bestimmt Durst. Mögt ihr vielleicht einen selbstgemachten Apfelsaft? Nachher gibt es noch Kaffee und Kuchen."

„Au Mann, Apfelsaft." Christian war begeistert und hatte im Nu sein Glas geleert. Sein Blick fiel auf die Fotos, die an der Wand hingen. „Schau mal, Mama", sagte er, „da ist fast überall der Papa drauf."

„Ja, ich sehe es", erwiderte Rosalia, „aber du kannst dir vielleicht draußen im Garten noch ein bisschen die Zeit vertreiben. Ich möchte mich gerne mit Tante Ursula und deinem Onkel ..."

„Ich habe eine viel bessere Idee, Christian", wurde sie von Karl unterbrochen. „Wir beide gehen jetzt mal nach nebenan, denn dort wohne ich. Dann lernst du gleich meine Frau Helga und meine Tochter Monika kennen. Mit Monika kannst du dann so lange spielen, bis es später Kuchen gibt. Einverstanden?"

„Au ja, Onkel Karl, obwohl ich ja sonst nicht so gerne mit Mädchen spiele. Die haben immer so doofe Spiele."

„Das verstehe ich, junger Mann. Aber wir könnten doch zu Dritt vielleicht ein bisschen Ball spielen, wenn ihr mich mitspielen lasst."

„Ball spielen? Na gut, das geht zur Not auch mit einem Mädchen."

„Na schön. Du rufst uns dann, wenn der Kaffee fertig ist, Ursula", sagte Karl und war kurz darauf mit Christian verschwunden.

Ursula passte es überhaupt nicht, dass ihr Schwager sie jetzt mit Rosalia alleine ließ, aber sie ließ sich nichts anmerken. „Und wie verläuft deine Schwangerschaft?", versuchte sie ein Gespräch mit ihr in Gang zu bringen.

„Bisher eigentlich ganz gut, aber ich bin ja erst im sechsten Monat, da steht mir das Schlimmste noch bevor, wenn ich an die Schwangerschaft mit Christian zurückdenke. Aber lass uns beide bitte die Zeit nutzen, in der wir hier alleine sind. Ich hatte Karl am Telefon schon gebeten, mich mit dir mal unter vier Augen unterhalten zu können."

„Ach so, deshalb hat er sich eben auch so schnell verdrückt."

„Vermutlich. Ich kann mir sehr gut vorstellen, was du empfunden haben musst, als du erfahren hast, was zwischen deinem Mann und mir war. Das tut mir sehr leid, aber es ist nun mal passiert. Ich war damals noch zu unreif und es ist ja leider auch nicht mehr rückgängig zu machen. Glaub mir, ich täte nichts lieber als das. Um ehrlich zu sein, es war keine große Liebe zwischen deinem Mann und mir, nicht von meiner Seite aus und sicher auch nicht von seiner Seite. Wir sind damals in der Faschingszeit irgendwie reingeschlittert und waren wohl beide nicht in der Lage, es gleich wieder zu beenden. Es hat ihn sehr bedrückt, dass er mit dir keine Kinder haben kann, wie er mir mal erzählt hat, nachdem Christian auf der Welt war. Aber du solltest jetzt bloß nicht daraus schließen, dass Christian ein Wunschkind war, bestimmt nicht von seiner Seite aus und schon gar nicht von meiner. Es war …, na ja, es war ein Unfall sozusagen. Ich hatte euch ja schon erzählt, dass ich den Jungen nie zur Welt gebracht hätte, wenn er mir nicht hoch und heilig versprochen hätte, für das Kind aufzukommen. Sein Versprechen hat er ja auch gehalten. Woher er das Geld genommen hat, war mir damals ehrlich gesagt völlig egal. Aber dann ist er eines Tages nicht mehr erschienen und ich wusste einfach nicht warum. Ich wusste auch nicht, wie es mit Christian und mir weitergehen sollte. Das Geld wurde immer knapper und ich konnte die Miete nicht mehr bezahlen. Dann habe ich zum Glück Giuseppe kennengelernt. Wenn er mich nicht aufgefangen und unterstützt hätte, ich weiß nicht, was aus mir und dem Jungen geworden wäre. Vielleicht hätte ich sogar alleine die Flucht ergriffen, so wie damals, als ich mein Elternhaus über Nacht verlassen habe, nur um frei und unabhängig zu sein. Doch das ist alles Schnee von gestern. Wichtig ist mir jetzt aber das Schicksal von Christian. Auch wenn ich ihm bis heute keine richtige Liebe schenken konnte, habe ich immerhin eine Verantwortung für ihn, insbesondere seit der Zeit, als Norbert nicht mehr kam. Ich würde mich auch weiter um Christian kümmern und zumindest dafür sorgen, dass er irgendwo gut untergebracht wird, aber seitdem ich von euch erfahren habe, dass ich noch nicht mal amtlicherseits als Mutter des Jungen erfasst bin, fällt mir das offen gestanden noch etwas schwerer. Ich möchte möglichst nicht um mein Recht als leibliche Mutter kämpfen müssen, einem Recht, dem ich letztlich doch nicht gerecht werden könnte. Außerdem wüsste ich auch nicht, wie ich das anstellen sollte. Ich habe mich mit Giuseppe in den letzten Tagen öfter darüber unterhalten. Er hat es zwar nicht so deutlich gesagt, aber ich weiß genau, dass es ihm überhaupt nicht recht wäre, wenn er als hochrangiger Offizier in ein Rechtsverfahren mit verwickelt werden würde, nur weil ich seine Frau bin. Er hat mir die Entscheidung überlassen und er trägt auch jede Entscheidung mit, nur ...", sie schwieg für ein paar Sekunden, bevor sie fortfuhr, „ich habe gleich beim ersten Mal gemerkt, wie gut du mit Kindern umgehen kannst, Ursula. Auch dein Schwager war von Anfang an gleich vernarrt in Christian. Ich bin mir sicher, dass auch er sich um seinen Neffen genau so kümmern würde wie um seine eigene Tochter. Das hat er mir bereits am Telefon fest versprochen. Ich bin mir daher auch ganz sicher, dass Christian hier bei euch gut aufgehoben wäre. Ich möchte ihm aber die letzte Entscheidung überlassen, auch wenn er offiziell noch viel zu jung dafür ist. Aber offiziell hätten wir ansonsten ja noch viel größere Probleme, nicht wahr?" Sie konnte sich ein Schmunzeln bei dieser Bemerkung nicht verkneifen.

„Wem sagst du das", stöhnte Ursula. „Ich kann es noch immer nicht verstehen, welcher Teufel Norbert bei der falschen Anmeldung auf dem Amt damals eigentlich geritten hat."

„Wer weiß, vielleicht war es ja auch gar kein Teufel", erwiderte Rosalia vieldeutig. „Ich habe für Christian ein paar Sachen eingepackt. Wenn ihr damit einverstanden seid, kann er mal für ein paar Tage bei euch bleiben, zur Probe sozusagen. Dann wird sich zeigen, wie ihr alle miteinander auskommt. Falls keine Probleme auftreten und wir alle einer Meinung sein sollten, dann sollten wir einen dicken Strich unter die Vergangenheit ziehen und dieser ominösen Geburtsurkunde auch unsererseits den Segen geben. Was meinst du dazu?"

Ursula war sprachlos, denn damit hätte sie beim besten Willen nicht gerechnet. Sie spürte plötzlich, wie groß ihr Wunsch tatsächlich war, Christian bei sich aufzunehmen. „Ja, Rosalia, das ist ein sehr guter Vorschlag", erwiderte sie. „Lass uns den Versuch wagen, aber jetzt wird es höchste Zeit für Kaffee und Kuchen. Ich stelle nur schnell Wasser auf und sage drüben Bescheid, damit du auch den Rest der Familie kennenlernst."

Kapitel 26: Die Entscheidung

„Na, das ist doch prima gelaufen, finde ich", sagte Karl, nachdem Rosalia und ihr Mann sich von ihnen verabschiedet hatten.

Helga nickte. „Sie hat wirklich einen sehr netten und attraktiven Mann, auch wenn für uns eine Unterhaltung mit ihm überwiegend nur in Zeichensprache möglich war. Zum Glück spricht Rosalia sehr gut Englisch und hat als Dolmetscherin ganze Arbeit geleistet."

„Ich möchte mal wissen, was an diesem Ami so attraktiv sein soll. Vermutlich nur, weil der Kerl eine Uniform trägt", brummte Karl missmutig.

„Genau, ansonsten ist er natürlich nicht halb so attraktiv wie du, mein lieber Mann", hauchte ihm Helga sanft ins Ohr.

„Na also, warum nicht gleich. Ich denke mal, dass wir die nächsten Tage möglichst viel mit dem Jungen zusammen verbringen sollten, damit wir uns gegenseitig richtig kennenlernen. Wie wollen wir es mit dem Schlafen halten. Möchtest du, dass wir Christian mit zu uns rüber nehmen?"

„Auch das sollte Christian selbst entscheiden", schlug Helga vor. „Na, was ist dir denn lieber, junger Mann?"

Christa war etwas unschlüssig. „Ist das hier Papas Haus, Tante Ursula?", fragte er.

„Na ja, streng genommen ist es jetzt eigentlich mein Haus, aber dein Papa hat mit mir hier viele Jahre zusammen gewohnt."

„Also hier und nicht bei Onkel Karl und Tante Helga?"

„Genau."

„Gut, dann möchte ich auch hier bei dir schlafen, Tante Ursula. Aber ich kann ja später auch mal drüben mit Monika schlafen, wenn ich darf."

Karl und Helga konnten sich ein Lachen nicht verkneifen.

„Na, was meinst du, Karl, darf er?", fragte Helga.

„Na ja, er ist zum Glück noch in einem Alter, wo selbst aus Sicht eines treusorgenden Vaters nichts dagegen spricht", grinste Karl. „Aber es ist schon sehr spät, und ich muss morgen in aller Herrgottsfrühe wieder auf der Grube antreten. Wir sollten am besten jetzt alle gleich schlafen gehen."

„Ich will zuerst noch ein bisschen hier aufräumen, und ein paar Tage habe ich mir wegen des Jungen vorsorglich frei genommen", erwiderte Ursula.

„Ich helfe dir natürlich dabei. Karl kann schon mal mit Monika heimgehen, denn sie muss morgen früh ja auch in die Schule", sagte Helga.

Es war weit nach zehn Uhr abends, als sie endlich fertig waren und sich auch Helga verabschiedete. Ursula bemerkte erst jetzt, dass Christian schon auf dem Sofa eingeschlafen war. Sie deckte ihn mit einer Wolldecke zu und ging nach oben. Irgendwann in der Nacht stand er ganz verschlafen vor ihrem Bett und fragte: „Darf ich bei dir schlafen, Tante Ursula?"

„Aber Christian, ich habe dein Bett doch im Vorraum extra frisch bezogen. Na gut, aber nur für ein paar Minuten", erwiderte sie, worauf der Junge sofort zu ihr unter die Bettdecke kroch und versuchte, sich an sie zu kuscheln. Nur für einen kurzen

Augenblick kam ihr in den Sinn, sich dagegen zu wehren, doch dann zog sie ihn umso entschlossener an sich. Kurz darauf waren die beiden fest eingeschlafen.

Freitagsabends klopfte Karl an ihre Tür. „Christians Mutter hat gerade bei mir angerufen. Sie wollte am Sonntag bei uns vorbeikommen, aber am Sonntag habe ich Nachtschicht. Ich habe daher mit ihr einen Termin für morgen Nachmittag vereinbart, du hast ja ohnehin noch frei, Ursula. Sie möchte irgendwann zwischen zwei und drei Uhr mit ihrem Mann hier sein."

„Was denn, schon morgen Nachmittag? Ich hatte eigentlich gehofft, dass Christian noch ein paar Tage länger hierbleiben kann, gerade jetzt, wo er sich so schön bei uns eingelebt hat. Sie wird es sich doch nicht anders überlegt haben und den Jungen doch nicht hierlassen wollen, ich meine, wenn sie nach Amerika geht?"

Karl zuckte die Achseln. „Ich weiß es nicht. Wir müssen abwarten, was sie sagt. Wo stecken eigentlich die Kinder?"

„Die sind noch im Garten und dabei, sich aus den alten Brettern, die neben dem Gartenhäuschen liegen, ein Baumhaus zu bauen. Deine Tochter hat die Bauleitung. Christian und die anderen Nachbarsjungen sind die Bauarbeiter und hämmern und sägen fleißig. Ich wollte ihnen das Werkzeug eigentlich wegnehmen, weil ich Angst habe, sie könnten sich verletzen, aber sie haben so lautstark dagegen protestiert, dass ich ..."

Karl winkte lachend ab. „Ihr Frauen müsst euch nicht immer so große Sorgen um die Kinder machen. Was kann denn schon viel dabei passieren, höchstens, dass sich einer mal auf den

Daumen haut oder sich ein paar Beulen holt, wenn er von dem kleinen Baum fällt, mehr aber nicht. Ich sage Monika auch immer, wenn sie sich weh tut und zu weinen anfangen will: *Ein Indianer kennt keinen Schmerz!*"

„Und darauf bist du auch noch stolz, du Oberhäuptling. Dann kannst du jetzt auch unsere beiden Krieger einsammeln gehen, denn in einer halben Stunde gibt es Abendessen."

Karl nickte. „Kann Monika nachher vielleicht bei euch essen, denn ich muss mit Helga dringend etwas in Ruhe besprechen. Du kannst sie ja dann nach dem Essen zu uns rüberschicken."

„Ist gut. Kannst du morgen Mittag wieder etwas früher kommen, damit ich nicht alleine bin, wenn Rosalia und ihr Mann kommen?"

„Geht klar. Ich schicke dir Christian und Monika gleich vorbei. Wir beide sehen uns dann morgen Mittag wieder."

„Und, wie hat es Ursula aufgefasst?", fragte Helga, als Karl ein paar Minuten später zu ihr in die Küche kam.

Karl grinste. „Ich glaube, sie hat richtig Schiss davor, dass Rosalia den Jungen wieder mitnimmt."

„Hast du ihr denn nicht gesagt, dass ..."

„Nein, Helga", fiel er ihr entschlossen ins Wort.

„Und warum nicht, wenn ich fragen darf? Wie ich sie kenne, wird sie sich jetzt große Sorgen machen und die halbe Nacht kein Auge zu machen."

„Gut möglich."

„Sag mal, spinnst du, Karl?"

„Im Gegenteil, ich habe ganz bewusst meinen Mund gehalten."

206

„Das ist ja wohl nicht zu fassen. Ich gehe jetzt gleich rüber zu ihr und werde ...“

„Nein, das wirst du nicht, Helga“, unterbrach Karl sie erneut und hielt sie am Arm fest. „Was auch immer Rosalia heute am Telefon zu mir gesagt hat, ist letztlich noch nicht maßgebend, und für uns schon gar nicht. Vielmehr kommt es darauf an, was sie morgen zu Ursula sagen und wie die darauf reagieren wird. Und nicht nur die beiden Frauen sind gefragt, sondern in erster Linie der Junge. Rosalia möchte auf keinen Fall über seinen Kopf hinweg entscheiden, wie sie mir gesagt hat, und wer weiß, vielleicht will Christian ja doch wieder zurück zu seiner richtigen Mutter. Es sind einfach noch zu viele Unwägbarkeiten. Ursula braucht nach meiner Ansicht die Zeit bis morgen, auch um mit sich selbst ins Reine zu kommen, denn tatsächlich hätte ja keiner von uns damit gerechnet, dass so bald schon eine Entscheidung erforderlich ist. Ich nehme an, dass sie Christian auch ein bisschen darauf vorzubereiten versucht, was morgen für ein wichtiger Tag für ihn ist. Auch das sollten wir nicht mit voreiligen Äußerungen irgendwie zu beeinflussen versuchen. Verstehst du jetzt, warum ich nichts gesagt habe?“

„Schon, aber sollten wir ihr nicht wenigstens zu verstehen geben, dass ...“

„Nein, Helga, das sollten wir nicht. Wir sollten außerdem nicht immer nur an andere, sondern auch mal an uns denken, denn uns bleibt vielleicht noch eine gute halbe Stunde, bis Monika zurückkommt. Die sollten wir jetzt besser für etwas anderes als für Diskussionen nutzen.“

„Erinnerst du dich noch, dass ich dir vor ein paar Tagen gesagt habe, dass du ein Rohling bist. Das muss ich jetzt auf der Stelle korrigieren."

„Hast du doch schon. Muffel und Stoffel habe ich mir dafür eingehandelt."

„Und jetzt kommt auch noch ein Ferkel hinzu, mein Lieber."

Karl grinste. „Na gut, dann lass es mich bitte auch unter Beweis stellen."

Als Karl am nächsten Mittag kurz vor zwei Uhr vor Ursulas Tür stand, wartete seine Schwägerin schon auf ihn. Sie sah müde aus und hatte dunkle Ringe unter den Augen.

„Geht es dir nicht gut?"

Sie schüttelte den Kopf. „Ich bin nur schrecklich nervös. Und schlecht geschlafen habe ich auch."

„Kann ich verstehen, aber mach dir mal keine Sorgen, das wird sich schon alles irgendwie finden."

„Irgendwie finden? Du hast gut reden."

„Hast du dir das auch genau überlegt, mit Christian? Ich meine, für den Fall, dass sie den Jungen bei dir lassen möchte."

„Als ob es jetzt alleine auf mich ankäme. Es liegt doch eigentlich nur noch an ihr, nein, ausschließlich an ihr", erwiderte Ursula und strich mit fahrigen Händen ihre Haare zurück."

„Na ja, ganz so ist es ja nicht, denn den Jungen darfst du nicht dabei vergessen und auch nicht das Problem mit der Geburtsurkunde."

Ursula winkte ab. „Hör mir bloß damit auf. Wenn das nur alles gut geht. Du liebe Güte, da kommen sie ja schon", stöhnte

Ursula und beeilte sich, Rosalia und ihrem Mann die Tür zu öffnen.

„Setzt euch bitte schon mal ins Wohnzimmer. Ich koche gleich Kaffee für uns. Helga ist mit den Kindern noch nebenan. Gehst du sie bitte rufen, Karl?"

„Nein, warte bitte noch ein paar Minuten damit", erwiderte Rosalia und hielt Karl am Arm fest. „Wir möchten gerne die Gelegenheit nutzen, um zuerst mit euch beiden zu sprechen. Karl hat dir sicher schon gesagt, dass ..."

„Nein, Rosalia, ich hatte leider noch keine richtige Gelegenheit dazu", unterbrach er sie hastig.

„Ach so, na gut. Eigentlich sollte Giuseppe erst in ein paar Monaten wieder in die Staaten zurückversetzt werden, aber er hat vorgestern kurzfristig eine andere Order bekommen und muss schon in zwei Wochen wieder zurück. Wir müssen also früher als ursprünglich gedacht eine Entscheidung über Christians Zukunft treffen, am besten heute noch."

Ursula fing plötzlich zu zittern an. Die Kaffeekanne glitt ihr aus der Hand und zersplitterte auf dem Boden.

„Lass liegen und setz dich erst mal hin, Ursula, ich räume das weg", sagte Karl und raunte ihr ins Ohr: „Scherben bringen Glück."

„Danke, es geht schon wieder. Ich bin heute einfach ein bisschen nervös wegen dieser Geschichte."

Rosalia strich ihr über die Hand. „Das brauchst du nicht, Ursula. Wir kennen uns ja weiß Gott noch nicht lange, aber mein Mann und ich haben in dieser kurzen Zeit trotzdem schon einen sehr guten Eindruck von eurer Familie gewonnen. Und wir sind beide fest davon überzeugt, dass es wirklich das Beste für den Jungen wäre, wenn er hier bei euch aufwachsen könnte, vorausgesetzt natürlich, dass Christian und auch ihr damit einverstanden seid. Was meint ihr dazu?"

Ursula war zu keiner Antwort fähig. Tränen rannen ihr plötzlich über das Gesicht, was bei den anderen ein betretenes Schweigen auslöste.

„Entschuldigung, es geht gleich wieder", sagte sie. „Ich möchte Christian sehr gerne ein dauerhaftes Zuhause geben, ich wäre jedenfalls der glücklichste Mensch. Ich glaube auch, dass Christian sich hier sehr wohl fühlen würde. Er hat uns und wir haben ihn in den paar Tagen, seitdem er hier ist, alle sehr lieb gewonnen, nicht wahr Karl?"

Karl nickte. „Ich glaube, das solltet ihr ihn trotzdem selbst fragen. Ich schlage vor, dass wir Christian mit Giuseppe und Rosalia nachher mal für eine Weile alleine hier im Häuschen lassen, damit ihr euch in aller Ruhe mit ihm unterhalten könnt. Ursula kann so lange mit zu uns nach nebenan kommen. Was meint ihr?"

Rosalia nickte „Wir möchten auf keinen Fall gegen seinen Willen entscheiden. Giuseppe wird übrigens eine Funktion als Verbindungsoffizier zu den Streitkräften der USA in Deutschland übernehmen und deshalb immer wieder mal für ein paar Tage nach Deutschland fliegen müssen, sodass es auch für mich kein Problem ist, mitzufliegen. Und von Ramstein bis nach Neunkirchen ist es ja auch nicht besonders weit. Mit anderen Worten, wir sind auf keinen Fall für Christian oder für euch aus der Welt, auch wenn unser Zuhause in den Staaten sein wird.

Falls wir den Jungen hierlassen und es danach zu unerwarteten Problemen mit ihm kommen sollte, könnten wir jederzeit relativ kurzfristig darauf reagieren und hierher kommen. Allerdings, wenn wir ihn dann doch mit in die Staaten nehmen sollten, müsste natürlich vorher auch das Problem mit der Geburtsurkunde gelöst werden. Wir wollen Ursula auf jeden Fall auch finanziell etwas unterstützen, wenn sie dauerhaft für den Jungen sorgt."

Ursula schüttelte den Kopf. „Nein, das ist nicht notwendig, ich kann den Jungen schon alleine ernähren."

„Kommt nicht in Frage, denn eine Pflegefamilie in den Staaten müssten wir schließlich auch bezahlen", erwiderte Rosalia.

„Ich denke, darüber könnt ihr euch immer noch unterhalten, wenn eine grundsätzliche Entscheidung gefallen ist", versuchte Karl das Gespräch in eine andere Richtung zu lenken. „Lasst uns jetzt erst einmal in Ruhe Kaffee trinken und ein Stück Kuchen essen, denn ich habe einen Mordshunger. Ich gehe mal den Rest der Familie Wagner rufen und bringe auch gleich eine neue Kaffeekanne mit. Danach lassen wir Rosalia und ihren Mann mal für eine Weile mit Christian allein."

Als Karl ein paar Minuten später mit Helga und den beiden Kindern zurückkam, registrierte Ursula, wie sich Christians Miene schlagartig veränderte. Der Junge, der noch kurz vorher mit Monika und anderen Kindern aus der Nachbarschaft draußen fröhlich Völkerball gespielt hatte, blieb unschlüssig im Türrahmen stehen, als er seine Mutter sah, gerade so, als würde er darüber nachdenken, ob er einfach wieder hinauslaufen sollte.

„Na, Christian, willst du deine Mama und Giuseppe nicht begrüßen", ermunterte ihn Karl und schob ihn in Richtung Rosalia.

„Hallo Mama", sagte er und ließ sich nur ungern von ihr umarmen. „Muss ich jetzt wieder mit zu euch kommen?"

Rosalia schwieg für ein paar Sekunden und sagte schließlich: „Darüber reden wir später, Christian."

„Ich möchte aber viel lieber noch hier bleiben. Darf ich, Mama?"

Christians Mutter war Hilflosigkeit und Enttäuschung zugleich anzumerken.

„Jetzt gibt es zuerst mal Kaffee und Kuchen", versuchte Ursula die Situation zu überspielen.

Als sie später mit zu Karl und Helga ging, konnte sie ihre Aufregung kaum verbergen.

„Mach dir mal keine Sorgen um Christians Antwort, Ursula. Seine Reaktion war ja wohl eindeutig. Ich bin mir ganz sicher, dass er bei uns hier bleiben will", versuchte Helga sie zu beruhigen.

„Aber zu hundert Prozent", pflichtete ihr Karl bei.

„Aber es ist schon ein Unterschied für ihn, ob er nur noch ein paar Tage länger bleiben will oder für immer. Außerdem merkt man Rosalia auch an, wie sehr sie mit sich zu kämpfen hat. Auch wenn es sicherlich kein herzliches Verhältnis zwischen Mutter und Sohn ist, so gibt man trotzdem eine derartige Bindung doch nicht so ohne Weiteres auf, denke ich."

„So denkst du vielleicht, Ursula, aber sie nicht, da bin ich mir sicher. Natürlich wird ihr der Abschied von ihm schwerfallen, aber das wäre ja auch in den Staaten nicht anders gewesen. Aber hier konnte sie sich selbst davon überzeugen, dass es ihm gut geht, und selbst wenn sie nur ein bisschen Liebe und Verantwortung für ihn empfinden sollte, wird das bestimmt den Ausschlag für sie geben."

„Meint ihr wirklich?"

„Aber klar doch", erwiderte Karl, nahm seine Schwägerin in die Arme und drückte ihr einen Kuss auf die Stirn.

Etwa eine halbe Stunde später wurde die Tür aufgerissen und Christian stürmte herein. Er strahlte über das ganze Gesicht. „Wisst ihr was, ich darf hier bleiben, wenn ich will. Sogar für immer, hat Mama gesagt", rief er und fiel abwechselnd Ursula, Karl und Helga um den Hals. Dann zog er Monika an der Hand in Richtung Tür und sagte: „Komm wir gehen wieder nach draußen Völkerball spielen."

„Und wir drei sollten gleich wieder rüber ins Häuschen gehen. Rosalia und Giuseppe werden sicher schon auf uns warten", schlug Karl vor.

Als Ursula am nächsten Tag aus dem Waisenhaus nach Hause zurückkehrte, rannten ihr Christian und Monika entgegen und riefen: „Wir haben eine tolle Überraschung für dich, Tante Ursula. Schau mal, dort vor deinem Fenster."

Ihr Blick fiel auf den Rosenstrauch, der noch gestern völlig verholzt und ohne Blüten war. Doch jetzt stand er plötzlich in voller Blütenpracht, und das schon Anfang Mai. Auch Helga, die im Nachbargarten gerade ihren Wohnzimmerteppich ausklopfte, blickte neugierig über den Zaun.

„Donnerwetter, der hat sich aber prima erholt. Das war mir gestern noch gar nicht aufgefallen. Wie hast du das denn hingekriegt?", fragte sie ihre Schwägerin.

Ursula schüttelte den Kopf. „Keine Ahnung, ich habe überhaupt nichts daran gemacht. Du weißt doch, dass ich ihn eigentlich wegmachen wollte, weil er völlig verholzt war. Ich bin bloß noch nicht dazu gekommen. Er sieht wirklich wunderschön aus, sogar noch etwas schöner als früher, finde ich. Aber wie so etwas über Nacht passieren kann, da stehe ich echt vor einem Rätsel."

Karl gesellte sich dazu. „Vielleicht kenne ich ja des Rätsels Lösung, Ursula." Er schmunzelte und deutete einen vielsagenden Blick in Richtung Himmel an. „Ich bin mir fast sicher, dass kein anderer als unser Briefe schreibender Geist seine Rosen hier wieder zum Blühen gebracht hat, um sich bei dir zu bedanken. Hoffentlich lässt er es aber nicht auch noch regnen, denn neben der Erziehung seines Sohnes sollte er dir jetzt auch getrost das Gießen seiner Rosen überlassen. Ich an seiner Stelle würde stattdessen lieber noch einmal zaghaft an der Himmelstür anklopfen. Vielleicht hat er ja Glück und Petrus lässt ihn diesmal endlich rein."

Nachbemerkungen

Alles hat irgendwann ein Ende, so auch diese Geschichte hier. Möglicherweise atmen Sie deswegen ja erleichtert auf und sagen: „Na endlich!" Vielleicht hätten Sie aber auch gerne noch etwas mehr in Erfahrung gebracht. Aber da Sie bis zum guten Schluss dabeigeblieben sind, werte ich das zumindest als ein Signal dafür, dass diese Geschichte nicht völlig uninteressant oder langweilig für Sie war. Ich hoffe es jedenfalls. Vielleicht würden Sie ja auch gerne noch wissen, ob es Christian auf Dauer bei seiner neuen Familie gefällt oder ob er nicht doch seine leibliche Mutter vermissen wird. Oder wie er sich entwickelt und wie sich sein weiterer Lebensweg gestalten wird. Oder ob Ursula ihre Entscheidung für die Aufnahme des Jungen vielleicht irgendwann bereut. Zweifellos spannende Fragen. Es gibt unabhängig davon aber vielleicht auch noch andere Fragen, für die Sie sich ebenfalls interessieren. Beispielsweise warum wir auf der Welt sind, was der Sinn des Lebens ist und was nach dem Tod kommt oder ob es Gott und ein Jenseits wirklich gibt. Etwas davon ist in dieser Geschichte ja bereits angeklungen. Nur für den Fall, dass Sie darüber gerne noch etwas mehr in Erfahrung bringen möchten, möchte ich Ihnen drei weitere Bücher von mir kurz vorstellen, die sich mit derartigen Fragen etwas intensiver beschäftigen, ebenfalls in Form von interessanten und spannenden Geschichten.

Auf meiner Homepage

https://raimunds-schmoekerkiste.jimdo.com/

finden Sie übrigens zu allen meinen Büchern Leseproben und noch einiges mehr. Schauen Sie doch einfach mal vorbei und hinterlassen Sie mir dort eine Nachricht, wenn Sie möchten. Ich würde mich jedenfalls sehr darüber freuen.

Herzlichen Dank für Ihr Interesse.

Raimund Eich

Geh den Weg zu Ende

Verlag CreateSpace Independent Publishing Platform
ISBN: 978-1496189486
56 Seiten, Preis 3,75 €
E-Book Kindle Edition
ASIN: B006V22HHK, Preis 1,17 €

Ein Mann lässt bei einem Spaziergang in trister Novemberatmosphäre sein bisheriges Leben Revue passieren, dem er aufgrund von vielfältigen Problemen und Belastungen nur wenig abgewinnen kann. Dabei wird er von einem Auto erfasst und findet sich plötzlich im Jenseits wieder. Seine phantastischen Erlebnisse in einer völlig anderen Dimension lassen ihn sein Schicksal in einem völlig anderen Licht erscheinen.

Jenseits in Eden
Verlag Books on Demand GmbH
Taschenbuch: ISBN 978 -3734732065, Preis 7,50 €
E-Book: ASIN B00QFKK7WA, Preis 2,49 €

Ein Mann hat seinen gut bezahlten Job aufgrund von Alkohol- und Geldproblemen verloren. Zudem steht ihm ein Prozess wegen Korruption bevor, der seine berufliche Zukunft endgültig zu zerstören droht. Die Schuld an dieser tragischen Entwicklung gibt er seiner Frau, die ihn mit anderen Männern betrogen hat. Er beschließt, sich an ihr zu rächen und lauert ihr mit einem Wagen auf, um sie zu überfahren. Doch in letzter Sekunde reißt er das Steuer des Wagens herum, worauf dieser sich überschlägt und eine steile Böschung hinabstürzt. Was danach passiert, lässt sich mit Worten kaum beschreiben.

Nebel auf dem Weg

Verlag Books on Demand GmbH

Taschenbuch: ISBN 978-3739243290, Preis 8,40 €

E-Book: ASIN B01CPBFJ2U, Preis 2,99 €

Der ehemalige Architekt Christian Stein steckt seit Jahren in einer schweren Lebenskrise, ausgelöst durch den Tod seines Sohnes, der ihn völlig aus der Bahn warf und beruflich scheitern ließ. Zudem wurde seine Frau Opfer eines mysteriösen Verkehrsunfalls, an dem er sich mitschuldig fühlt. Auch der Kontakt zu seiner Tochter ist seit längerer Zeit abgebrochen. Verzweifelt sucht er nach einem Ausweg, um seiner Einsamkeit zu entrinnen. Bei einem Abendspaziergang führt ihn sein Weg an einer alten Fachwerkbrücke vorbei, die für ihn in Kindertagen Abenteuerspielplatz für waghalsige Kletterpartien und später heimlicher Treffpunkt mit seiner Jugendliebe war. Wehmütigen Erinnerungen an längst vergangene Zeiten folgend klettert er noch einmal die Brücke hinauf. Dies löst ein außergewöhnliches Erlebnis für ihn aus.